JN019010
っぽん
illust.やすも
真の仲間じゃないと
勇者のパーティーを追い出されたので、
辺境でスローライフする
ことにしました6
Banished from the brave
man's group,
I decided to lead a slow
life in the back country.6

「釣りって大変なんだね」

「その大変さを楽しむのも釣りなのさ」

CONTENTS

Illustration：やすも
Design Work：伸童舎

「隠密が上手すぎると思っていたんだ」
「それは私の台詞ですよ。
……レッドさんは手を出さないでください」

「ほらほら、最初見たときから撫でてみたかったんでしょ」

真の仲間じゃないと勇者のパーティーを追い出されたので、辺境でスローライフすることにしました6

ざっぽん

角川スニーカー文庫

22017

Illustration：やすも
Design Work：伸童舎

CHARACTER

レッド
(ギデオン・ラグナソン)

勇者パーティーを追い出されたので、辺境でスローライフをすることに。数多くの武功をあげており、ルーティを除けば人類最強クラスの剣士。

リット
(リーズレット・オブ・ロガーヴィア)

ロガーヴィア公国のお姫様。ツン期の終わった幸せいっぱいの元ツンデレ。精霊魔法の使い手で、狼を召喚することや狼に変身することもできる。

ルーティ・ラグナソン

人類最強の加護『勇者』をその身に宿すレッドの妹。加護の衝動から解放され、ゾルタンで薬草農家と冒険者を兼業し、楽しく暮らしている。

ティセ・ガーランド

『アサシン』の加護を持つ少女。暗殺者ギルドの精鋭暗殺者だが、今は休業してルーティと一緒に薬草農園の開業準備中。

ヤランドララ

植物を操る『木の歌い手』のハイエルフ。スローライフをしているレッド達と違い、事件が起これば自分から積極的に解決しようとする現役の英雄。

ミストーム

『アークメイジ』の加護を持つお婆さん。ゾルタンを守ってきた元英雄。暗殺者に襲われ、危ういところをヤランドララに助けられた。

サリウス・オブ・ヴェロニア

ヴェロニア王国の王子。王の長子だが、母親であるミスフィア王妃が王宮から失踪したことで王位継承順位は王子達の中で最下位となっている。

リリンララ

『海賊』の加護を持つハイエルフ。ヴェロニア王国海軍元帥であり、元妖精海賊団船長。ある人物を捜しにゾルタンへやってきた。

プロローグ　悪者の加護

この世界に生きとし生けるものは、アスラデーモンという例外を除き、生まれた時に至高神デミスから『加護』を与えられる。

『加護』はレベルとスキルという力を与え、脆弱な人間が巨人や魔獣といったモンスターと対等以上に戦うことを可能にする。もし『加護』がなければ、人間などとうの昔に滅んでしまっていただろう。

村の司祭は、小さな教会に集まった子供たちにそう言った。

黙って座っていることが辛そうな子供達もいた、時折隣の子供を突いてはふざけあっている。そんな子供達の中で、ルーティとギデオンは大人しく椅子に座っていた。

その様子を見て司祭は行儀が良いというより、不自然なほどに大人びていると不気味に思ってしまう。

「しさいさま！」

タップという名の少年が手を上げた。頬がふっくらとした愛嬌のある顔の男の子だ。

「なんでもんすたーにも『かご』があるんですか？　もんすたーはわるいやつでしょ？」

モンスターも多種多様で一概にそうとも言い切れないのだが、確かに大半のモンスターは人間に害をなし、食べるためではなくただ殺すために襲ってくる残虐なものも多い。また、デーモンのような悪の体現とも言える存在にすら『加護』はある。

もし、悪に『加護』がなければ、人間やハイエルフといった善の種族はもっと栄えていたに違いない……そう誰もが一度は考えることだ。

こうして説法をしている『祈禱師（アデプト）』の加護を持つ司祭も、子供の頃に同じ質問を当時の村の司祭に、やはりこの教会でしたことを憶（おぼ）えていた。

「タップ君、その答えも私達の『加護』にあるんだよ」

「『かご』に？」

「『加護』は『加護』を持つ者を殺すことで成長する。でも、この世界に善い人しかいなかったら、一体私達は誰を殺せばいいのだろう。神様は私達に悪と戦い、より正しく生きられるよう願っているんだ。そのために悪にも『加護』を与えているのだよ」

司祭の言葉に、タップは理解できた様子で何度も頷（うなず）いている。

隣に座る『戦士（ファイター）』の加護に触れている早熟の少年は、「もっとモンスターどもをぶっ殺してやるんだ」と周りに宣言していた。彼の加護レベルは3。すでに大人達に交じり、槍（やり）と弓を持ってモンスター狩りに参加していた。

「あの」

　小さい声。だがどれだけうるさい場所にいようとも、なぜかはっきりと伝わる強い声と共に小さな手が上がった。騒いでいた子供達も口を紡ぎ遠慮がちにその少女を見る。

「なんですかルーティ？」

　司祭はわずかにたじろいだ。あの得体の知れない少女が質問をしてくるのは初めてだ。

「衝動は何のためにあるんですか？」

「あ、ああ、そうだね。良い質問だ」

　司祭はホッと胸をなでおろす。衝動の意義なんて自明な問題。算学の1＋1を教えるようなものだ。司祭は、あの異質な少女も、中身は存外普通なのではと思い直していた。

「みんなも知っての通り、『加護』には衝動がある。私の『祈禱師（アデプト）』であれば、こうしてみんなの心の平穏を保ちたい、そして苦しむ人を私の魔法の力によって救いたいという衝動を与える。私が司祭になろうと思ったのも、この衝動のおかげなんだよ」

　他に、新しい考えを認められず保守的になるという衝動もあるのだが、それを伝える必要もないだろうと、司祭は心の中で呟（つぶや）いた。

「神様が我々に与えて下さった『加護』は、強い力を与えてくれる。だがその力を無軌道に使わないように、我々が進むべき道を示して下さるのが衝動だ。衝動に従うと心の中に安心感が広がるものだ。この安心感を得るために生きることこそが、楽しく、そして正しい人生を送るコツなんだよ」

司祭の言葉に『戦士(ファイター)』の加護に触れている少年は、ウズウズしている様子で拳(こぶし)を握っている。

この少年は、後日、村の喧嘩(けんか)自慢の少年達を叩(たた)きのめし、暴君的なガキ大将として君臨することになるのだが、そのキッカケがこの日の司祭の言葉だった。

他の子供達にとっても、司祭の言葉は彼らの人生に強い影響を与えるだろう。

だがルーティの表情は冷たいままだった。

*　*　*

それから時が経ち……。

勇者ルーティがまだギデオンと2人だけで戦っていた頃のこと。

魔王軍の襲撃から村人達の避難を成功させ、ルーティは領主の館(やかた)で休んでいた。

不意に、ルーティは嫌な気配を感じて傍らに置いてある、ギデオンから貰(もら)った魔法の剣を抜いた。天井には大きなコウモリが1匹。

ルーティは迷わず剣をコウモリに向けた。

コウモリは動物ではありえない表情で顔を歪(ゆが)めて笑うと、バサリと飛び降りた。

床に着地したときには、両腕に飛膜を備えたコウモリと人間の中間のような怪物へと姿を変えた。動物変身のスキルだ。だが、ルーティが驚いたのは初めて見るスキルにではなかった。

「あなた……人間？」

ルーティが対峙しているのはオークでもデーモンでもない。

『アサシン』の加護を持つ人間だ。

魔王軍と戦うために旅立ったルーティは、今日はじめて人間の敵と戦おうとしていた。

暗殺者は禍々しく歪んだショートソードを両手に構えた。

それは斬られたら痛みを倍加する残虐な武器だったが……ルーティはただ使いにくそうだなと思っている。

剣を持つルーティの姿を見て、暗殺者の顔が嬉しそうに歪む。

「美しいな少女よ。その赤い瞳は私のコレクションの中でも価値あるものとなるだろう」

恍惚とした様子で喋る暗殺者の口上をルーティは冷めた目で聞いていた。

暗殺者のあの様子は『アサシン』としての衝動が、仕事に芸術性を求める本人の性格と結びついた結果だろう。

この暗殺者は人を殺すことを愉しんでいる。ここで倒さなければならない相手だ。

ルーティは剣を構えて、戦う決意をした。

そしてルーティは戦いの末に暗殺者を斬り殺したのだった。
その日、勇者のレベルは1つ上がって10になった。

第一章 ヴェロニア王国のガレー船

冬至祭の翌日。

俺は城門前の広場にやってきていた。昨日タンタ達に約束した釣りのためだ。

「釣りだー！」

「おー！」

俺の掛け声に集まった仲間たちは釣り竿をあげて答えた。

メンバーは、俺、リット、ルーティ、ティセ、そしてハーフエルフのタンタ。

「あれ？　ゴンズは？」

「ゴンズ叔父ちゃんは、昨日、祭りでお酒を飲みすぎちゃったみたい。二日酔いで寝込んでる。今日はパスだって」

「あいつ、自分で言い出しておいて」

「レッド兄ちゃんの薬飲んだから昼には復活するんじゃないかな？」

まったく。

「仕方ない、じゃ俺達だけでいくか」

「うん！」

タンタが嬉しそうにうなずいた。もしかしたら釣り自体が中止になるのでは、と不安だったのだろう。俺が安心させるように頭を撫（な）でるとタンタはくすぐったそうに笑った。

「全員分のお弁当もあるわよ」

リットが手に持った大きなバスケットを見せる。あの中には料理がいろいろと入っている。もちろん作ったのは俺だ。

「それで今日はどこへ行くの？」

「海の方に行こうと思ってる。馬を借りてこうかなと」

「それなら私とリットの魔法で精霊獣を召喚すればいい」

「リットもそれでいいか？」

「いいよ！」

決まりだな。俺達は町の門を抜ける。この間は〝世界の果ての壁〟を目指して出ていったわけだが、今日はただ海に釣りに行くだけだ。

外でリットは精霊大狼（スピリットダイアウルフ）を、ルーティは精霊騎馬（スピリットマウント）をそれぞれ2体ずつ召喚する。

リットの精霊獣はヒグマほどもある巨大な狼。ルーティの精霊獣は、純白の毛並みが美しい馬で、鞍（くら）や手綱が備えられている。

タンタは、牙をむき出しにしたダイアウルフに最初は驚いたようだが、すぐに順応しそのふかふかの首に抱きついた。

ダイアウルフはタンタの服を口で掴むと、ひょいと自分の背中に放り投げる。

「すごい！」

タンタは大狼が気に入ったようで、ワシャワシャと首を撫で回していた。

「タンタはこっちがいいか。じゃ、俺が一緒に乗るよ」

俺はタンタの後ろに飛び乗った。

「大丈夫？　鞍があるし、あっちの馬の方が良くない？」

「大丈夫だろう」

リットの不安に対し、任せろとでも言うように、ダイアウルフは鼻を鳴らした。

その仕草にタンタは興奮したように、目を輝かせて狼の首にペタリと腹ばいになって抱きついていた。

＊　＊　＊

釣りと一口に言っても奥深いものだ。

釣り関係で知られているスキルは、コモンスキルの〝漁〟と〝釣り〟、そして『漁師』

や『アングラー』などの固有スキルにある〝上級釣り〟の3種。

俺は〝漁〟をレベル3まであげている。というのも、〝漁〟をレベル3まで上げると、〝水界での視界向上〟が与えられるのだ。効果はそのまま、水による光の屈折や多少の濁りを無視してクリアな視界を得られるようになるというものだ。

これで水中にどれくらい魚がいるのか見極め、効率的に釣りをするという意図だろう。

コモンスキルの〝水泳〟では水中での移動能力やある程度の戦闘能力は手に入っても、視界には影響がない。他にも〝水界での視界向上〟を得られるスキルとしては、〝水泳〟の上位互換スキルである〝水界戦闘術〟があるが、これは大半の戦士系加護が持っているとはいえ固有スキルカテゴリーなので、俺には使えない。

水中というのは非常に戦いにくい場所だ。地上のように鎧(よろい)を着ると、鎧の重さでまともに身動きが取れなくなるし、武器を振り回すこともできなくなる。水中では戦わないようにする剣であれば水中でまともに使える技法は刺突のみだろう。

というのがベストだ。

だが、水中で戦わざるを得ないという状況もまた存在する。陸上と同じように水界には無数のモンスターが生息しているし、漁業や水運は我々の生活に欠かせないものとなっている。

〝世界の果ての壁〟を航路で迂回(うかい)するということが難しいのは、ゾルタン以東の海が、嵐の巣であるという理由もあるが、海の超大型モンスターの生息域だということが大きい。

嵐の諸王と呼ばれる彼ら、クラーケンやディープサーペント、白鯨（グレーターホワイト）、鮫蛸（ルスカ）。

そして伝説的存在であるリヴァイアサンデーモンの眷属（けんぞく）で、巨大な海竜に姿を変えるスキルを持つシーデーモン達。

海の超大型モンスターと戦う場合、真下から船を攻撃されると、我々は手も足もでなくなる。その場合、我々も海へと潜り、相手の得意な水中戦闘に付き合うしかない。

そんなわけで、俺は〝漁〟のスキルを持っていて、釣りもちょっとだけ得意なのだ。

「よし、さらに1匹」

俺は海水を入れたカゴに、釣った魚をつぎつぎと入れる。現在6匹。

「ぐぬぬ」

リットは悔しそうに、海に揺られている浮きを睨（にら）んだ。

ふふふ、そんな殺気を出していてはスキル以前に魚は寄ってこないぞ。

俺達はゾルタンの近くの海にある桟橋で釣りをしていた。ここは小型ボートで海岸沿いの村での行商を行う商人達が荷降ろしをする場所だ。ゾルタンの港を利用すると、料金が発生するので、日用品を売って回る商人達はここで自分のボートに荷物を積み込んだり、引き上げたりするのだ。

「あとルーティ」

「なに？」

「釣りってのは、海に針を投げて魚に命中させるもんじゃないからな」

ルーティの釣りカゴにはすでに30匹以上の魚が入っている。

釣り方は餌もつけず糸をつけた針を海に投げ入れ、魚の口に直接針を命中させ引っ張り上げている。

無茶苦茶（むちゃくちゃ）な方法だが50メートル先の海底まで余裕で射程範囲らしく、百発百中の命中率だ。だが間違っても釣りじゃない。

「でも、こっちの方が早く釣れるよ」

「そりゃそうなんだが」

ルーティは不思議そうに俺を見た。

まぁルーティは釣りなんてしたことないだろうしな。

「よし、ルーティ。釣りを教えてやろう」

俺は立ち上がった。

「休日の釣りってのは、魚を釣るのが目的じゃなくて、釣りを楽しむのが目的なんだ」

「釣りを楽しむ？」

俺はルーティの釣り竿にあらためて仕掛けを作る。

餌はブルーワームというミミズのような虫だ。よく魚の食いつく餌で、手に入れるのも簡単なのだが、うねうねと動くブルーワームを触りたくないという人もいるようだ。

俺は、浮き、錘(おもり)を釣り糸に通し、針をブルーワームに突き刺す。

「針の刺し方はこんな感じ。基本的に針の根本までしっかり刺したほうがいい」

「うん」

「仕掛けは遠くまで投げる必要はない。近くに投げて、魚がくるのをじっと待つんだ」

「そうなの？」

「勢いよく投げると餌が外れるかもしれないし、狙っている魚もそう大きいものじゃない。ここには糸ヒレ魚っていう、針からエサだけ器用に取っていく魚もいるんだ。自分の餌があるかどうか、ちょくちょく確認しないといけない。だから今回は手前に投げて、のんびり浮きを確認しながら釣りをしよう」

「大変なんだね」

「その大変さを楽しむのも釣りなのさ」

ルーティは俺から釣り竿を受け取ると、仕掛けを海に落とした。

波の上をふらふらと浮きが揺れる。海鳥が鳴き声を上げて空を飛んだ。

「いい天気だな」

「うん」

ゾルタンの冬の海は冷たいが美しい。

これは冬になると〝世界の果ての壁〟から風が海へと抜け、海面の水が海岸から沖へと流れることで深海の水が表面に現れるからだ。

俺のスキルなんて無くても、水中が覗(のぞ)き込めるような青く澄んだ海を背中の赤い魚が泳いでいるのが見える。理屈では分かっているが。

「不思議な光景だな」

俺は海を見ながら言った。

隣のルーティも、少し離れたところにいるリットも、同意するようにうなずいている。

「ゾルタンは面白い」

「そうね」

そう言った2人の口元には、穏やかな笑みが浮かんでいた。

＊　＊　＊

「そろそろお昼にしよう」

「やった！　俺もうおなかすいちゃったよ」

俺が声を掛けるとタンタが真っ先に反応した。

「もう、ぜんぜんレッドに追いつけない」

リットは口をとがらせてそう言うと、楽しそうに笑った。

「ルーティ？」

じっと浮きを見つめていたルーティは、名残惜しそうに釣り針を手元に引き上げると、釣り竿から手を離した。

「面白い」

あれからルーティが釣れたのは2匹だけ。初心者にしては上出来だろう。

だがルーティのやり方よりずっと呑気(のんき)な普通の釣りは、ルーティにとって面白くないのではないかと心配していたが、楽しそうな表情を見て安心した。

ルーティは上手(うま)く釣れないことに最初は戸惑っていたようだが、次第に魚が食いつくのをのんびりと待つ楽しさを理解していたようだった。

その点で言えば、ティセは見事なものだ。釣った魚は1匹だけ。だが、持ってきたカゴに入り切らないほどの大物だ。

小物には目もくれず、大物一点狙い。

一見、ぼんやりと釣りをしているように見えるがなかなか堂々としたものだ。

俺達はお弁当を囲む。

「何作ってきたの？」

「色々だな」

お弁当の中には、サンドイッチ、トマトサラダ、オムレツ、ローストビーフ、ハンバーグが並んでいる。そして、飲み物にミルク。

「わっ、色鮮やかだね」

タンタはさっそく、ローストビーフにフォークを伸ばした。

リットはハンバーグ、ルーティとティセはトマトサラダからだ。

「「「「美味しい!!」」」」

4人は声を揃えてそう言った。

みんなの表情を見て、俺は朝から頑張ってお弁当を作ってきた甲斐があったと満足して笑った。お弁当の中身がほとんど無くなった頃。

「あ、見て！　船だよっ！」

タンタが叫ぶ。俺もタンタの指差す海を見た。

そこには二本の四角い帆を持つガレー船が、無数の脚を思わせる櫂を規則的に動かし進んでいた。

「ありゃ軍船だな」

ゾルタンのものではない。ゾルタン軍には3隻の三角帆を持つキャラベル船しかないのだから見間違えるはずがないのだ。

「……ヴェロニアあたりの船か」

じっと観察していた俺は、3層の櫂のうち最上段の櫂が少ないことに気がついた。ヴェロニア王国など南部のガレー船の特徴だ。

あの船は甲板が他の船より高い位置についており、相手の船と並んだ時、高所から矢を打ち込めるという設計だ。

80年くらい前にヴェロニア王国が白兵戦主体の海賊対策に設計した軍船だ。

だが流石に旧式のガレー船で、ヴェロニア王国でも大型帆船への切り替えが進んでいるそうだが。

「海賊じゃないよね？」

タンタが心配そうに言った。

「海賊の可能性もあるが、ここらへんの海賊はあんな巨大な軍船は使わない」

それにダナンがゾルタンへの旅の途中で、海賊の船を大量に沈めたようで、今、ゾルタンへの航路にいる海賊達は身を潜めているはずだ。

「とはいえ、ガレー船で嵐の多い東方航路を乗り越えられるはずもないし、一体ゾルタンに何の用だろうな」

遠くを走るヴェロニアの軍船を眺めながら、俺はサンドイッチを手にぼんやりと船の目的を想像していた。

＊　　＊　　＊

午後。

「そろそろ帰るか」

俺は傾き始めた太陽を見て言った。

「うーん……そうだね、そろそろ時間かな」

「えー、まだいいじゃん！」

タンタが口をとがらせて言った。

「でも、移動時間を考えたら、今帰らないと途中で日が落ちちゃうよ」

「……分かったよ。でもまた来ようね」

「ええ、またみんなで来ましょう」

残念そうにするタンタをリットが慰める。

「ルーティもそれでいいか？」

「うん、楽しかった。また来たい」

結局、釣りだとルーティはタンタより釣果(ちょうか)が少なかった。

だが道具を片付け始めたルーティの顔は、とても名残惜しそうで、今日という一日を楽しんでもらえたことが俺にも伝わる。

今日は釣りに来て良かった。

＊　＊　＊

翌日、朝。ルーティの借りている邸宅。

ルーティは、毎日同じ時間に目を醒ます。

どんなに遅くまで徹夜しようが、どんなに早く眠ろうとも同じ時間だ。

「今日も眠れた」

ルーティは、夜は眠るという人間的な行動に毎朝感動を憶えながら、窓から差し込む朝日に目を輝かせていた。もっとも、深い湖のようなルーティの瞳から、その輝きを見つけることができるのはレッドとティセくらいのものだろうが。

ルーティは水差しの水で口をすすぎ、それからコップ一杯の水を飲んだ。

次に服を脱ぎ、濡らしたタオルで簡単に身体を拭く。

服を着替えた後は軽い運動。逆立ちして部屋の中を素早く一周。

天井のハリを足の指で挟み、逆さまに歩いて部屋を往復。

最後にボールを窓から投げ、庭の木に当てて手元に跳ね返す運動を両手両足で軽く１０

0回ずつやって身体が自分の思い通りに動くことを確認し終わり。

「うん」

以上、ルーティの朝の準備運動はおよそ15分の間に行われる。

凄まじい速度だ。

これまで『勇者』の力で常に肉体の状態を万全に保っていたルーティにとって、動かさないことで身体が鈍ることとや、準備運動という行動が新鮮だった。

ルーティは汗一つかいていない。わずかに頬が上気しているのは、次の予定ではレッドのところに朝食を食べに行くからだ。

幸いにして、本人は軽い運動と思い込んでいるこの運動は、いまだ誰にも見られていなかった。

＊　　＊　　＊

朝日を浴びながらルーティとティセはレッドの店に向かってゾルタン下町の通りを歩いている。

ティセはショートソードを服の下に隠し持っていた。暗殺者の習性みたいなものだ。

ルーティは何も持っていない。剣はレッドの店に置いてある。

冒険にいくことになった場合、ルーティはわざわざ一度レッドの店にいって剣を取ってくるのだった。

そこにレッドに会いに行く口実を作るという拙(つたな)い意図があるのは明らかだが、レッドもティセもそうしたルーティのわがままを温かく見守っている。

今日のゾルタンの下町は、少し騒々しい。

町の人々は、井戸端や路地裏などに集まって、心配そうな様子で噂話に勤(いそ)しんでいる。

(昨日の船かな)

ティセが心の中でつぶやいた。昨日、釣りの時に見た軍船。

あのガレー船で嵐の多い東の航路を越えることはまず不可能だ。となれば、あの軍船の目的地はこのゾルタンしかない。

しかし、遠く離れたこのゾルタンに軍船が一体何の用だろうか？

＊　＊　＊

「美味しかったね」

「はい」

2人はレッドの店で朝食を食べ終えると、今度は北区にある薬草農園へ向かう。

今日の朝食は、昨日釣った魚を使ったもので、キャベツと魚のトマト煮、赤身魚と玉ねぎを使ったマリネ、さっぱりとしたレモン入りの水とふわふわの白パンだった。

朝の早い時間から、よくあれだけ料理の用意ができるものだとルーティもティセも感心していた。

それに。

「これは昨日ルーティが釣ってくれた魚だよ」

そう言ってからトマト煮を美味しそうに食べていたレッドのことを思い出すと、ルーティは自然と口元がほころんでしまうのだった。

ルーティ達が住んでいる屋敷は中央区の南西側にある。ルーティはゾルタンの南側にある下町のレッド&リット薬草店に通えるように、ティセは西側にあたる港区の境目にあるオパララのおでん屋に散歩がてら、ちくわを食べに行けるように。

肝心の農園は北区にあるので距離があるのだが、2人ともあまり気にしてはいないようだ。

農園につくと2人は薬草の様子を見て回る。

ルーティの薬草農園には普通の農園と、温室の2つがある。

温室は南側と天井がガラス張りになっており、室内の温度を高める仕組みだ。

「ルーティ様、芽が出ています」

「本当だ」

小さな緑の芽が、土の中からひょっこりと顔を出していた。

その姿を、ルーティとティセの微表情コンビが見つめている。

2人とも大変感動しているのだが、その感情は他人には伝わらないだろう。だが、ここには2人しかいない。そして2人はお互いの感情を理解できるほどに友情を深めていた。

「良かったですね」

「うん」

2人は、2人だけに伝わる笑みを浮かべ、楽しそうに笑いあったのだった。

＊　　＊　　＊

お昼ごろ。

2人はレッドから教わった通り、優しく少量の水をやっていた。

その作業も大体終わる。

薬草が緑の葉を茂らせる頃になれば、害虫や雑草対策で忙しくなるのだろう。

ただレッドが言うには、もとが野山の植物だけあって、薬草は害虫にも雑草にも強いらしい。むしろ、繁殖力の高い薬草が、他の薬草のエリアに侵食しないように、薬草同士の

環境に気を遣うのだとか。

「今日はこれでおしまいかな？」

「そうですね」

道具を片付け、２人はそろそろ食事休憩にしようか話し合っていた。

「すみません！」

その時、大声で叫ぶ声が聞こえた。

ルーティ達が声の方を見ると、冒険者ギルド職員のメグリアが額に汗を浮かべて叫んでいる。冒険の依頼だろうか？

「ルールさん！　お頼みしたいことがあります！」

ルールはルーティがゾルタンで名乗っている偽名だ。

とはいえ偽名としては随分お粗末なもので、フルネームでルーティ・ルール。

普通はルールと呼ばせて、親しい人にはルーティと呼ばせるという形にしている。

これはルーティにとって、兄であるギデオンからルーティと呼ばれることがどうしても必要だという理由だ。この部分は神様に頼まれたって譲れない一線だとルーティは本気で思っている。

とはいえ、ルーティという名前はアヴァロニア王国ではそう珍しいものではなく、まさか勇者がゾルタンにいるとは誰も思わないだろう。

ティセはティファ・ジョンソン。こちらは愛称としてティセと呼ばれているということで通している。

ルーティは、土で汚れた顔をタオルで拭くと、青い顔をしているメグリアの方へ、テクテクと向かっていった。

「どうしたの？」

メグリアは血の気の失せた顔を緊張させてルーティの質問に答える。

「ヴェロニアの王子サリウス様が軍船でゾルタンに来られまして」

「うん」

冷静にうなずくルーティを見て、メグリアの方が逆に驚いていた。

「さすがルールさん、知ってましたか」

「軍船は昨日見かけたけど、サリウス王子が来たことは知らなかった……」

ルーティは記憶からサリウス王子のことについて思い出す。

「たしかサリウス王子は……ヴェロニア王の長子だけど、先王の第一王女とヴェロニア王の息子で、第一王女が行方不明になった時に、継承順位を下げられ王位継承権は最下位になった王子だったっけ？」

「はい、そう聞いています。私も詳しくは知らないのですが……」

そう自信なさそうに答えるメグリアはただの冒険者ギルドの職員だ。

大国ヴェロニアのこととはいえ、遠く離れた国のことまで詳しく知っているわけではない。ゾルタンでは必要のない知識のはずだった……昨日までは。

「それで、やってきた王子はなにを要求しているの？」

「ゾルタン、及び近隣の村や集落の教徒台帳を寄越せと」

「教徒台帳を……」

教徒台帳とは聖方教会が、住民の出生や死亡、結婚や移住、有している加護などを記録したもので、これを基に聖方教会は王や領主の代行として、人頭税の徴税を行い、その何割かを王や領主からの寄進という形で受け取っている。

教徒台帳は教会に冠婚葬祭を取り仕切ってもらうために必要だ。税金については不満のある住民達も、教会のすることなので文句も言わず従っている。

また領主によっては、教徒台帳とは別に、土地の広さや財産を記録した台帳を作成していることもある。教徒台帳はあくまで人の管理をするもので、家族の人数で徴税する人頭税には対応できるが、財産によって変わる税制には対応できない。

聖方教会内でも時折、教徒台帳を改良するべきという意見もでるようだが、納税のためのものではなく、教徒をリスト化し信仰の手助けをするのが教徒台帳の目的だということで、今のところは内容を変えるつもりはないようだ。

「教徒台帳は教会で管理するもの。加護についても載っていますからね。ゾルタンの聖方教会はサリウス王子の要求に憤慨しています」

徴税を代行することはあっても、教徒台帳そのものは王にも渡さないというのが聖方教会の方針だ。今回のサリウスの要求は、教会への暴挙と言える。

「ヴェロニアにも聖方教会はあるのに、よくそんな強気なことが言えますね」

ルーティの隣に来たティセが言った。

暗殺者ギルドにとっても聖方教会は厄介な相手だ。国を越えて張り巡らされた教会の情報網は、暗殺者にとって致命的な障害になることがあった。

「ゾルタンとヴェロニアは離れていますからね。ゾルタンの抗議もヴェロニア本国までは届かないとでも思っているのでしょう」

メグリアの言葉にティセは腑に落ちないという様子で首を傾げた。

魔王軍を前に足並みをそろえることもできない国々と違い、信仰を柱に結束する教会。その教会が辺境だからといって、教会の領分を土足で踏みにじる王子の行動を許すだろうか？

そうティセは疑問を感じていた。

「それで、ヴェロニアの王子がゾルタンの教徒台帳を欲しがる理由は？」

「その……捜している人がいるとのことで」

「捜している人？　どんな人なの？」

「それが……私たちに教える必要はない。ただ教徒台帳を渡せと」

ルーティは少しだけ眉を動かした。

「なるほど。ゾルタンには関わるなということ」

「はい」

「じゃあ、断った場合は？」

「……何も。ただ、その場合は捜している人物が見つかるまで、ゾルタン洋上にしばらく停泊させてもらうとのことです。そして補給はこちらでやるからお構いなくだそうで」

つまり、教徒台帳を渡さなければゾルタン近海で海賊行為を行うという脅しだ。

これは宣戦布告されても文句を言えない暴挙だが……。

「言うまでもなく、ゾルタンの海軍では太刀打ちできません」

ゾルタンが保有する軍船は小さな帆船が３隻。キャラベルとよばれる三角帆の二本マストを備えた船で20人乗り。

戦闘能力という点では３００人もの兵士を運ぶヴェロニアの軍用ガレー船には太刀打ちできない。

それに、仮に勝てたとしても、大国ヴェロニア王国と辺境の小さな都市国家であるゾルタンとでは国力に比べるのも悲しくなるような差が存在する。

まさかヴェロニアが遠く離れたゾルタンまで本腰を入れて戦争をしかけてくるとルーテ

ィには到底思えなかったが、もし戦争になれば万に一つもゾルタンに勝ち目はない。アヴァロニア王国など他の大国に救援を要請するにしても、そちらは魔王軍との戦争で手一杯だろう。ヴェロニアと戦争する余裕などないはずだ。

つまりは、ゾルタンはヴェロニアの要求を呑まざるを得ない状況ということだ。

「ひっ!?」

ルーティを見ていたメグリアが悲鳴をあげた。

慌ててルーティは気持ちを落ち着かせる。

「え、あ、す、すみません」

メグリアは一瞬、自分が巨大な怪物に睨まれていたような気がしていた。だが、瞬きすればそこにいたのは頼りになるBランク冒険者ルーティ・ルールとティファ・ジョンソンの2人だけだ。

メグリアは胸に手を当て、激しく動悸のする心臓を押さえながら、大きく息を吐いた。

「………………」

ルーティは、メグリアの話で自分でも驚くほど不機嫌になっていることに驚いている。

今からでもヴェロニアの軍船に乗り込んで、真っ二つにして沈没させてしまいたい。そういう気持ちにルーティはなっていた。

「それで、私に何をして欲しいの？」

ひとまず落ち着こう。ルーティはそう自分に言い聞かせ、冒険者ギルドがルーティに何を依頼したいのか聞くことにした。

「ルールさんにお願いしたいのは、まずゾルタンの首脳陣が行う会議に参加して欲しいのです」

「私が？」

「ルールさんが現状、個人としてはゾルタンの最高戦力です。軍での戦いが話にならない以上、ルールさんのような個人の力にゾルタンは頼ることになります……ですので、まずは方針を決める会議にルールさんも参加して意見を言って頂きたいと思いまして」

「分かった」

ルーティは即答した。メグリアは驚いた表情を顔に浮かべる。

「あ、ありがとうございます。こういう会議を嫌う冒険者も多いので、まさか迷わず決めてくれるとは思いませんでした」

「大丈夫、気にしないで」

勇者だった頃は、いつも軍の会議に参加していたルーティにとって、今回もよくあることでしかない。

特に緊張する様子も見せないルーティに、メグリアは「なんてすごい人なんだろう」と尊敬の念を抱いていた。

「教会がシエン司教を中心として反対。冒険者ギルドは幹部ガラティンがシエン司教の案を支持。衛兵隊長のモーエンも、必要ならば戦う覚悟があるとシエン司教を支持。それに対して市長のトーネド様、ゾルタン軍のトップであるウィリアム将軍の両名は戦うのは現実的ではないという意見です」

「そう、会議の状況は？」

「ゾルタン議会です」

「場所は？」

「シエン司教、ギルド幹部ガラティン、衛兵隊長モーエン。先代Bランク冒険者パーティーね」

「そうですね。英雄である彼らだからこその意見かもしれません」

「ありがと、まずは全員の意見を聞いてみる。行こう」

颯爽と歩くルーティの後ろから付いていくメグリアの表情から、いつの間にか大国ヴェロニアに対する恐怖心が消えていた。

（不思議な人だ）

この新しいBランク冒険者は、無口で、表情が乏しく、何を考えているか分からない。

強さだけは本物で、無茶苦茶な状況でも相棒のティセとたった2人で乗り込んですぐに解決してしまう。

英雄リットや、アルベール、ビュウイと比べると、一見頼りなさそうだが、その強さはこれまでのBランク冒険者と比べても計り知れない。

なぜかそれが、メグリアには不気味とも怖いとも思えない。その姿を見ていると、不思議と彼女ならきっと何とかしてくれると……そう思えてしまうのだ。

「今度のBランク冒険者……ルールさんはずっとゾルタンに居てくれるといいな」

メグリアは、思わず自分の気持ちを小さな声で口に出していたことに気が付き、赤面したのだった。

*　　*　　*

ゾルタン中央区の中心にあるゾルタン議会。

ゾルタン市長トーネド、ゾルタン軍将軍ウィリアム男爵、衛兵隊の隊長モーエン、冒険者ギルド長ハロルド及び幹部ガラティン、聖方教会シエン司教、その他各ギルド長や幹部などが部屋には集まっていた。

「失礼します」

メグリアに連れられて入ってきたのはルーティとティセだ。

その姿を見て、ゾルタンを動かす首脳陣達には眉をひそめる者もいた。というのも、ルーティは、農作業のときに着ていた作業服のままだったからだ。

ウィリアム卿は侮蔑の眼差しを隠すこと無くルーティ達に送る。ルーティは意に介した様子もなく案内された席についた。

「私はルーティ・ルール。こっちはティファ・ジョンソン。よろしく。それで状況は？」

「ルール君、よく来てくれた」

あいさつもそこそこに状況を尋ねたルーティに、ウィリアム卿はますます不機嫌そうな顔になったが、トーネド市長がそれを制し、笑みを浮かべてルーティに答える。

「今はゾルタンとしてどのような態度でヴェロニア王国に対応するのか議論しているところだ」

「それで結論は？」

「いや、中々難しい問題でね。教会の領分に国は不可侵が基本なんだが、ヴェロニア王国はどうしても捜している何者かを見つけたいようで、両国の友誼を思えば、協力してやるのも決して間違いではないだろうが……」

「市長！」

割り込んだのは冒険者ギルド幹部ガラティン。

ただでさえ盗賊ギルド幹部の方が合っているような、恐ろしげな顔を歪ませガラティンは市長をにらみつける。

「理由すら説明せず教徒台帳を寄越せなど暴挙以外の何物でもない。このゾルタンを舐めているのですぞ！」

参加者の何人かはガラティンの迫力に気後れしているようだが、トーネドは涼しい顔をしている。むしろ、ガラティンの隣に座る冒険者ギルド長ハロルドの方が冷や汗を流していた。

「ガラティン、メンツで国を守れるのか？」

「そうだ。ゾルタンの軍部トップとして言わせてもらうが、もしヴェロニアと戦争になった場合、ゾルタンに勝てる見込みは皆無だ。今の軍船1隻を相手にするのがギリギリ、あと1隻も来られたら戦わずに降伏すべきだと進言させてもらう」

市長と将軍の2人は強い口調でガラティンの意見に反論する。他のギルド長や幹部達もそうだそうだと追従した。

「しかし、教徒台帳を渡せなど前代未聞の要求ですよ。教会としては到底受け入れられない。聖地ラストゥウォール大聖砦に御座す教父クレメンス聖下に言上し、ヴェロニアに非難声明をだしていただくべきです」

シエン司教の口調には譲らないという意志が感じられた。トーネド市長は眉間にシワを寄せ、大きなため息をつく。そんな市長の様子を見てもシエン司教の表情は変わらなかった。温厚そうな顔立ちで性格も穏やか、寛容な聖職者として知られる普段のシエン司教とは思えない態度に、ゾルタンの首脳陣は困惑している様子だ。

(ラストウォールか)

ルーティは少し懐かしく感じた。仲間だったテオドラと出会ったのが聖地ラストウォールの大聖砦だ。あの時は、魔王軍の策略により、ルーティ達は魔王軍に与する異端者として捕らえられそうになり、デミス教の僧侶たちと戦う羽目になったのだ。

その中で、テオドラがルーティ達を信じ、教父クレメンスの命令を無視してルーティ達についたことで、枢機卿の陰謀が明らかになり事件を解決することができた。

そういえば、ラストウォールの聖堂の奥に、誰も入ったことのない秘密の神殿があったっけな。

用がなかったので放置したけど……そうルーティは聖地のことを思い出していた。

「以上のように、教会としてはたとえ相手がヴェロニア王国でも教徒台帳を渡すつもりはありません」

ルーティがラストウォールのことを思い出している間に、シエン司教は、教会が世俗の権力から独立していることを説明し、教徒台帳を渡すつもりはないことをあらためて宣言する。

「……なるほど」

ここまでの話を聞いてルーティはうなずいた。対立状況はシンプルだ。

トーネド市長を始め、ゾルタン首脳陣の大半が教徒台帳を渡してしまうべきだと考えている。それに対し、シエン司教と教会は渡さない方針、それを冒険者ギルドのガラティンも支持している。

衛兵隊長のモーエンは、上司の将軍ウィリアム卿の手前、積極的な発言を行っていないが、表情からするにやはりシエン司教を支持しているようだ。

ゾルタン首脳陣vs聖方教会+先代Bランク冒険者パーティー。

それが現在の状況のようだ。

「状況は分かった。私からも意見を述べたい」

「おお、ルール君。今のBランク冒険者である君の意見もぜひ聞きたいと思っていたんだ。君は冒険者だが、もちろん冒険者ギルドに遠慮する必要はない。我々が君の立場を保障しよう」

「冒険者ギルドとして決してそのようなことは……」

ギルド長のハロルドはシワの目立つ顔に汗をかきながら、両手を振って否定した。胃痛がしているようで、懐から薬を取り出すとコップの水で飲み込んだ。

(あ、お兄ちゃんの薬だ)

北区にある冒険者ギルド長のハロルドがわざわざ南区の下町に薬を買いに来たりはしないだろう。多分、レッドが薬を卸している医者がハロルドに薬を渡したのだ。

だが、レッドの薬を使っていることを知って、ルーティはこの頼りないギルド長に対して、少しだけ好感をおぼえていた。

「まず情報が足りない」

「情報？」

「まず彼らの目的。誰を、なぜ捜しているのか。どうしてそれを隠すのか。何も知らない」

「無論聞いた。だが我々に教えるつもりはないそうだ」

ウィリアム卿の言葉に、後ろにいたティセは顔をしかめた。教えてくれないから分からない、それで済むなら世の外交官たちはずっと休日が多くなるだろう。

しかしながら、ゾルタンではそれでも良かったのだ。ゾルタン軍の仮想敵とはせいぜい数十人集まった程度の盗賊やモンスターだ。

それがゾルタン軍の存在する目的であり、外交としての戦争なんてものはウィリアム卿には全くの未知数であった。

「私が調べる」

「し、調べるだと？　一体どうやって」

「サリウス王子は、教徒台帳があれば分かると考えている。教徒台帳に載っているのは、名前、生年月日と年齢、現住所、職業、両親の名前、加護、そして移住日。このうち、名前と生年月日は偽れるし、それだけで分かるなら教徒台帳なんかに頼らなくてもいい。現住所、職業、両親の名前も人を捜すのには必要ない。よって、移住日と加護の2つで絞れる人物ということになる」

「な、なるほど」

「さらに、移住日だけで捜している人物が分かるほど正確な情報を持っているなら教徒台帳は必要ない。政府に移住記録を渡すよう言えばいい。教会を敵に回すよりずっと簡単。つまり、ヴェロニアが摑(つか)んでいるのはあくまで大雑把な移住日のみ。決め手は加護」

「しかし、加護だけで特定できるのか？　同じ加護もたくさんあるし、教徒台帳に加護を申告していないものもいる」

　ウィリアム卿の言葉にルーティは頷(うなず)いた。

「だからこそ事情を知らない私達にも特定が可能になる。何十人といるありふれた加護ではなく、『殺人鬼(マンスレイヤー)』や『切り裂き魔(リッパー)』のような申告されにくい加護でもない。つまりは希少な上位系の加護。『ザ・チャンピオン』、『剣聖(ソードセイント)』、『アークメイジ』、『ハイエロファント』、『クルセイダー』……そういった珍しく、そして教徒台帳に隠すこと無く記載できる加護の持ち主」

「確かに……！」

　さらに、ゾルタン出身者ではなく移住者に限定すれば、かなり少ない人数に絞れることになる。

「あとはサリウス王子に直接会って、断片的にでも情報を引き出したい……それにサリウス王子の行動が本当にヴェロニア王国の意思なのか疑問を感じる」

「疑問？」

「ヴェロニア王国は今、アヴァロン大陸で孤立している。いくら一代でヴェロニアを大国にしたゲイゼリク王といえども、今や90歳を超えた老王。魔王軍への中立方針で孤立することに貴族たちや国民が不安を感じているところに、教会まで敵に回したら大規模な暴動が起こる可能性がある。ヴェロニアにとって、それだけの価値がこのゾルタンで捜している人物にあるの？　それだけのリスクを負ってまで、この辺境ゾルタンにすら理由を明かせないものなのか、違和感がある」

「言われてみれば奇妙だな」

いつしかルーティの言葉に、トーネド市長もウィリアム卿も、ギルド長たちも、じっと耳を傾けている。

ルーティはまだ少女であり、弁舌が立つわけでもない。だがその言葉には魔王軍と戦い続けてきた経験がある。ルーティの正体を知らないゾルタン首脳陣たちも、その言葉から感じられる頼もしさに、この目の前に居る少女の言葉を疑わなくなっていた。

普段はコミュニケーションという点ではあんなにポンコツなのに、こういう場だと言葉ですら誰よりも頼もしい。

本当に不思議な人だと、ティセは感心する。

「サリウス王子がもってきた親書も見たい。ちゃんとヴェロニア王家の印章かどうか……」

「親書はないぞ」

ルーティの動きが止まった。

「ウィリアム卿、親書が無いとは？」

「言葉通りの意味だ。サリウス王子は口頭で教徒台帳を要求してきた。あ、サリウス王子が本物なのは間違いない。我が部下の1人、もともとは他国で冒険者をしていたそうだが、そいつが以前サリウス王子を見たことがあってな、顔を確認させたから間違いない」

ルーティは、初めて困ったように眉(まゆ)をハの字に曲げる。

それから少しだけ考えた後。

「その点も含めて調査する。10日後に経過報告するから、それまで市長は教会を説得しているところとでも言って時間を稼いで。シエン司教は教会に聞いて欲しいことを明日までにはリストにするからそれを送って。衛兵隊は市民達が動揺したり変な噂が流れないように警戒を。将軍の騎兵は、もしサリウス王子が村を襲った時、すぐに村人を避難させられるよう訓練しつつ待機を。航路が封鎖された分、陸路での交易がより必要になるから、各ギルドが主導してインフラを整備して」

「わ、分かった」

「それなら私にもできるな！　任せてくれ！」

出口の見えなかった会議がルーティの言葉で一気に動く。自分たちが何をすればいいかさえ分かれば、ギルド長達も迷うことはない。

「いやぁ、まさかルール君にこういう能力もあったとは。君のような才気のある人間がいずれゾルタンのトップに立つと思えば、私も安心できるというものだ」

「うむ、軍に入りたければいつでも声をかけてくれ。最初から従騎士待遇で迎えよう。兵を貸し与えるから、ヒルジャイアント・ダンタクに占領されている領地を取り返して貴族になるのも良いぞ。私が後見人として君の爵位を認めよう」

トーネド市長とウィリアム卿はルーティの能力に上機嫌だ。

だが。

「いらない。私は薬草農園があるから」

ルーティは愛想笑いを浮かべることもなく断る。

2人は一瞬黙ってしまったが、気まずい雰囲気をごまかすように笑うと、何かあればいつでも連絡して欲しいとだけルーティに伝えたのだった。

＊　　＊　　＊

会議が終わり、ルーティとティセは議会を後にする。

「それで、何から始めますか？」

ティセの言葉に、ルーティは強い決意を込めて答えた。

「お兄ちゃん分を補給しに行く」

「は？」

「久しぶりに真面目な話をたくさんして、お兄ちゃん分が足りなくなった」

冗談かとティセは思ったが、ルーティの顔は真剣そのものだ。

「ま、まぁそうですね、剣も取りに行かないといけないですし」

まじめな顔してお兄ちゃん分とか言い出すルーティに、ティセは思わず笑ってしまった。

２人はゾルタンの危機を救うため、ルーティのお兄ちゃん分補給という最優先事項を果たすべく、レッドの店を目指し歩き出したのだった。

＊　　＊　　＊

「へぇ、そんなことが起こってるんだ」

「うん」

ルーティの話を聞きながら、俺はテーブルにトマトチーズパスタを盛った皿を置いた。

「残り物で悪いけど」

ルーティとティセはお昼休憩にしようとしたときに呼び出された為、昼食抜きだった。

まぁルーティは、無効化している加護のスキルを使えばいつでも空腹や疲労への完全耐性によって肉体をベストな状態にできるのだが、今のルーティは自然とお腹が減るのに任せている。

ルーティは俺の作ったありあわせのパスタを食べ終わると、満足そうにため息を吐いた。

「お兄ちゃんの料理はいつも美味しい」

ルーティの嬉しそうな顔を見ると、俺も笑顔になる。

「ごちそうさま」

ルーティはトマトの一欠片も残すこと無く綺麗に平らげた。

ハンカチで口の周りを拭きながら、幸せそうな微表情を浮かべている。

俺は食べ終わったルーティとティセの食器を片付けようとするが。

「片付けは私がやっておきます」

ティセが俺の手をやんわりと制し、自分で食器を片付け始めた。

「レッドさんとリットさんはルーティ様とお話を」

「分かった、ありがとうティセ」

「今回の一件、少々裏がありそうですので」

ティセはそう言って食器を洗いに行った。

確かに、ゾルタン共和国建国以来の大騒動になるかもしれないな。

できることならそんな騒動になることなく穏便に解決したいところだが。

「お兄ちゃんはどう思う？」

「そうだな……俺もルーティの考えには賛成だ。正式な外交文書が何一つ無い以上、サリウス王子の行動がヴェロニア王国本国の命令によるものとは思えない。それにしてもアヴァロニア王国から独立と保護の宣言を受けているゾルタン共和国への軍艦による威圧外交。魔王軍との戦争で余裕のないアヴァロニア王国が、ゾルタンのためにヴェロニア王国との戦争を決断するとは思えないが、外交問題にはなるだろう。いくら王位継承権を持つ王子とはいえ、独断でやるには相応にリスクがある」

「それにサリウス王子は継承順位低いんでしょ？」

リットの言葉に俺は頷いて答えた。

「ああ。サリウス王子はヴェロニア王の長子だが、第一王妃であるミスフィア王妃が失踪して継承の権利が入れ替わったんだ。第二王妃のレオノールとの子であるウズク王子が順位1位、その弟シルベリオ王子が2位。サリウス王子はその後の3位だ。

ヴェロニア王国の継承法は継承権1位がすべての権利を継承する。それから新王の権限で他の兄弟に領地や財産のいくらかを分配するというものだ。継承順位を落とした経緯のあるサリウス王子にとって、今回の行動はウズク王子が王となったときに、財産の分配を拒否する理由にすらなる」

「それは……致命的ね。王子だけではなく、王子の味方まで排除されかねないわ」

「サリウス王子はそれだけのリスクを負う価値が、このゾルタンに見えているんだろう」

他にも色々推測できることはあるが……俺はサリウス王子と直接会ったことはない。

ヴェロニア王国。

かつては世界中から警戒されていた仮想敵国であり、そして今は魔王軍との戦いを避ける日和見な国。

アヴァロニア王国にいた俺のところへ届けられるヴェロニア王国の情報はどうしても、様々なバイアスがかかってしまう。

「お兄ちゃんなら、このあとどうする？」

「そうだな」

ルーティに意見を求められた俺は、少し考えてから口を開いた。

「ヴェロニアまで行って情勢を調べられれば一番だが……」

「飛空艇を使えば半月で往復できると思う」

「すごいな、そんなに速いのか！　だけど飛空艇は目立ち過ぎるよ」

「うん」

海路なら片道だけで2ヶ月以上かかるだろう。

飛空艇が量産されるようになったらこの世界の姿は大きく変わることになるだろうな。

「ヴェロニアの情勢については聖方教会の持っている情報を共有してもらうくらいだろう。それはシエン司教らに任せるとして、ゾルタン側はサリウス王子の捜している人物の特定から進めるか」

「教徒台帳を使って珍しい加護を持った人物について調べてもらうようシエン司教にお願いしてある」

「教会の方はそれでいいとして、ルーティ達は何をしようかって話だろう？」

「うん」

「このゾルタンで、サリウス王子の捜している人物を知っている人がいる」

「知っている人ですか？」

食器を片付け終え戻ってきたティセが少しだけ目を大きくして言った。

俺は笑って答えた。

「サリウス王子が捜している本人だよ」

「それはそうですが……？」

「俺達を含め、ゾルタンの人々はサリウス王子の目的を知らない。だから、みんな驚いたり戸惑ったり、こうして相談してみたりするわけだ」

だが。

「だがサリウス王子が自分のことを捜しに来たのだと分かっている人は別の反応をするだろう。逃げるか、隠れるか……」

「なるほど」

ルーティは頷(うなず)いている。

「他の人とは違うものが見えている人を捜す」

「俺ならそう動くかな」

「ありがとう、やっぱりお兄ちゃんは頼りになる」

ルーティは椅子から立って身を乗り出すと、テーブルの向かい側にいる俺の首に抱きついた。

「俺は手伝わなくて大丈夫か？」

「うん、大丈夫。お兄ちゃんはお兄ちゃんのスローライフを」

ルーティは身体を離すと、俺の店に置いていた穴のあいたゴブリンブレードを取った。

「これは私のスローライフだから」

そう言ってルーティは笑った。

＊　　＊　　＊

翌日、朝。

ゾルタン海軍の帆船に乗ってトーネド市長は、サリウス王子が乗る軍船へと向かっていた。

ゾルタン海軍……といっても、船員達は普段は交易船や漁船の船員として働いている者達で、まともな海戦の経験など無い。

船の操舵（そうだ）につきもののタイミングをあわせる掛け声も不安で小さくなっている。

「それも仕方ないだろう」

トーネド市長は、近づくにつれその巨大なガレー船の持つ迫力に呑（の）まれそうになるのを必死でこらえていた。

船に詳しく無い市長ですらこうなのだから、船の知識を持つ船員達の怯（おび）えは凄（すさ）まじいものだ。なにせ、彼らはもし目の前の軍船が、ほんの気まぐれを起こしたりすれば、自分たちは何の抵抗もできず、小枝でも折るように皆殺しにされるであろうことを理解しているのだから。もっとも、実際にヴェロニアが気まぐれを起こしたりなどしたら、後悔するのは彼らの方になるだろう。

なにせここには人類最強の『勇者』と『アサシン』が乗っているのだから。

「あなた方が同行してくれて安心するよ」

市長は傍らに立つ２人の女性に礼を言った。

「ティファ君と、ル……ええっと、白騎士殿で良かったのだったかな」

「うん」

ティセはいつもの軽装にショートソードやスローイングナイフを隠し持つスタイルだが、ルーティの恰好(かっこう)がいつもと違った。

今日のルーティは、全身鎧(フルプレート)に身を包み、顔全体を覆う兜(かぶと)を被(かぶ)っていた。

胸にはライオンの紋章。この紋章は誰にも仕えず、ただ自己鍛錬と名声を求める遊歴の騎士が使うものだ。

（ヴェロニアには行ったこと無かったけれど、大国の王族ともなると、どこかで私の顔を見ているかもしれない）

旅立ちの頃から魔王軍に狙われるのを警戒したレッドが、ルーティの顔を絵画などに残さないよう徹底していたため、その高名に反し、ルーティの顔を知るものは直接会った者に限られていた。

そのため、サリウス王子がルーティの顔を知っている可能性は低いのだが、念の為にルーティは顔と姿を鎧兜で隠していたのだった。

　2人の同行は、表向きは市長の護衛だが、サリウス王子の姿や話す言葉を直接聞いておきたいという目的のためのものだ。

　とはいえ、王子と交渉するにはまだ情報が不足している。今回は相手の顔を確認する程度のものである。ルーティ達も発言するつもりはなく、護衛として同席するだけだ。

　やがて巨大なヴェロニアの軍船の横に、小さなゾルタンの帆船が接舷（せつげん）した。

　船の頭上には、ガレー船特有の巨大な櫂（かい）が、無数のギロチンのようにかかげられており、より一層の圧力をゾルタン側の船員に与えていた。

　上からはしごが下ろされ、市長、ルーティ、ティセ、それと護衛の兵士達3人が軍船へと乗り込む。

　ヴェロニアの兵士達が着ているのはチョッキ状の鎖帷子（チェインシャツ）。

　軽装だが、これは重い鎧を身につけると海に落ちた時に泳げなくなるからだ。

　武器はカットラスという刀身70センチ前後の曲刀と、鍔（つば）の広いダガーだ。背中には弓と矢を担いでいる。

　また兵士達は洋上の太陽で鎖帷子（チェインシャツ）が熱くならないよう、上からよれよれのシャツを着ていた。

　その姿は正規軍というより海賊のようだ、という印象をティセは受けた。

「やあ、親愛なるゾルタンの友よ。昨日ぶりだな」

船室への扉から現れたのは、日焼けした顔に笑みを浮かべる見た目は30代後半くらいの男。だがこの王子の実年齢は50歳前後だとルーティは聞いていた。

「冬海の甲板は身体に毒です。中へどうぞ」

男の3歩ほど後ろに立つのは、銀色の髪を束ねてサイドに垂らした美女。その耳は長く、そして眼帯で覆った右目には縦に真っ直ぐ走る刀傷。

「妖精海賊団のリリンララ」

ティセが小さくつぶやいた。かつて悪名を轟(とどろ)かせたハイエルフ達によって構成される珍しい海賊達。その名を妖精海賊団。

人間以上に冷酷で、月日が経とうが老いることのない恐るべきその名は、数々の伝説とともに世界各地に記録されている。

ゲイゼリクが先代ヴェロニア国王を裏切りクーデターを起こした時に、リリンララ率いる妖精海賊団も協力し当時のヴェロニア海軍を壊滅させた。戦いの後、壊滅した軍をリリンララと妖精海賊団が掌握するのは簡単なことで、王となったゲイゼリクの下で長命なハイエルフ達は今もヴェロニア中枢の椅子に座っていた。

（影武者の可能性もあるけど、あの傷は話に聞くリリンララと同じ。ということはゲイゼリクのかつての同盟者……ヴェロニア王国の海軍元帥がわざわざゾルタンに？）

ティセがリリンララのことをそっと市長に耳打ちすると、市長のトーネドは顔を青くした。ゾルタンでは切れ者で豪胆と評価されているトーネドだが、さすがの彼も今回の件は完全に許容量を超えている。

「大丈夫」

不安そうに怯える市長に、ルーティは兜の中から言った。

「誰が相手でも市長のやることは変わらない」

「そ、そうだな」

ルーティの声には一切の動揺がなかった。市長はその声に勇気づけられ、ゾルタンの最高権力者としての態度を取り戻した。

ゾルタン共和国は開拓者によって辺境に建国された都市国家にすぎない。だが、それでも国は国なのだ。両国の格差は歴然とはいえ、王子相手にへりくだるいわれはない。

「では、案内をよろしく頼みますぞ」

若干、声が震えてはいるが、市長はニコリと笑ってリリンララにそう言った。

*　　　*　　　*

テーブルを挟んでサリウス王子、リリンララ、トーネド市長が席に座る。

王子の背後には、ハイエルフの護衛が2人。端整なエルフの顔に走る無数の刀傷や火傷（やけど）の痕（あと）は、彼らが修羅場をくぐり抜けてきた歴戦の海兵であることを雄弁に語っていた。

「さて、良い話を持ってきてくれたのかな？」

口調に親しみを込めて、しかしその視線にはまるで自分の家来に向けるかのような横柄なものが混じりながら王子は言う。

市長は不快感から僅（わず）かに眉（まゆ）をひそめたが、笑みを崩さなかった。

「それが、教会から激しい反発を受けてましてね。なにせ前代未聞のことで、そこはご理解いただけると思いますが。現在、司教を説得中でして、今しばらくお時間をいただければ良い結果をお伝えできると思いますが。司教も現実は分かっているでしょうし、おそらく抵抗したというポーズが必要なのでしょうとも。

ええ、何も問題ありません。ただ、お時間させいただければ解決できるでしょう。我々としてもヴェロニアのサリウス王子の頼みとありましては、ぜひ協力したいとゾルタンの上層部はみな思っているのですよ」

そこまで喋り終えると、市長はハンカチで額の汗を拭（ぬぐ）った。

市長が話している途中で、王子の顔から笑顔が消え、無表情でじっと市長の目を睨（にら）みつけていたからだ。

市長はプレッシャーによって高速で脈打つ胸に鈍い痛みを感じたが、ぐっと唇を噛（か）み締め、弱みを見せまいとこらえていた。

「なるほど、教会は反発しているか」

「目下説得中でして」

「それで時間が欲しいと」

コツコツと王子の指がテーブルを叩(たた)く音がする。王子の表情にはあきらかなイラつきが見えた。ルーティはそれを少し不思議そうに見つめる。

(反発があることくらい予想できただろうに。規模だけでいえばアヴァロン大陸の最大勢力たる教会が相手。王子として長年政治の場にいたサリウスにそれが分からないなんてことはない。あれはプレッシャーを与えるためのポーズのはず)

ルーティは兜の中からじっと王子の顔を見た。

(……分からない)

そもそも自分はそういうのが苦手なのだ。他人の考えていることを推し量るというのが、どうもできない。ルーティは「むぅ」と顔をしかめる。

これはルーティが『勇者』の加護によって、人間的感情のいくつかを知らないままに成長したためで、ティセをさんざん脅かした時もそうだったのだが、相手の感情に共感する経験が圧倒的に不足しているのだ。ルーティの精神が他の人間に比べて異質過ぎるというのもある。

しかも、これまでルーティは兄であるレッド以外まったく眼中になく、感情の機微に通じることが必要な交渉関係はそのレッドがやっていたのだ。ルーティは最近まで、自分が実はコミュニケーションが絶望的に下手であるという自覚がなかった。

（お兄ちゃんには通じるからいいもん）

『勇者』をやめてゾルタンで暮らすようになったルーティは、コミュニケーションを改善する必要性は感じつつも、レッドなら自分をわかってくれるという駄目な方向に幸福感を感じ、そして今はティセに丸投げすることにした。

（はいはい、分かってますよ）

ティセは万事分かっていると言うように、ちょっと困ったように笑って、ルーティのかわりに王子を観察する。

（あれは焦りかな）

優位のはずの王子の心に浮かんでいるのは焦りだった。

腹芸ができないタイプというわけではないだろう。今も、表面上は相手を威圧するために不快感を示しているという体裁を取り繕っている。交渉の達人とは言えないだろうが、一般的な王族程度の交渉能力はあるようだ。そうティセは分析した。

（つまり、王子側にとって捜している人物はそれだけ重要でさらに時間制限もあると）

それだけの情報と、昨日のレッドの話を合わせれば見えてくるものも広がってくる。

あとはその見えてきたものが錯覚でないか、裏付けていくだけ……。

(……!)

その時、ティセの背筋に冷たいものが走った。

ティセを左目で静かに睨むリリンララの視線が、ティセを射貫いていた。

(いきなり殺気を叩きつけられたなぁ。さすが元海賊。いや、今でも現役の海賊かな)

リリンララの視線から感じる殺気は研ぎ澄まされた名剣というより、何人もの命を奪ってきた血塗られた刃にたとえるべきだとティセは思った。

(まぁルーティ様と出会った時の方がよっぽど怖かったけど)

当時の頃が思い出され、ティセの口元に思わず微笑が浮かんだ。危ないとティセはすぐに気を引き締める。そうこうしているうちに会談は終わったようだ。

いくら王子が焦ろうとも、ここで拳を振り上げ強権を発動することはできない。教会の反発は予想通りであり、ゾルタン当局が教会を説得するよう働きかけるというのは十分すぎる譲歩だからだ。

リリンララも次回交渉まで2週間の猶予が必要という市長の意見に同意し、王子は不満そうながらも市長の提案を受け入れた。

ひとまず、ゾルタンはルーティの狙い通り、人捜しをするための猶予を得たのだった。

ヴェロニアの軍船から降りるとき、小さな影がピョンとティセの背中に飛んだ。

「お疲れ様」

ティセは、単独で船の中を調べていた頼れる小さな相棒をねぎらう。

うげうげさんは、「余裕だぜ」とでも言うように、両手をゆるく振っていた。

＊　　＊　　＊

コツコツと板張りの床をブーツが叩く音がする。

船室の中を忙しなく歩いているのは、ハイエルフのリリンララだ。

「あの小娘、何者だ？」

リリンララは『海賊』の加護を持つ天性の海賊だ。

自分の船を手に入れ妖精海賊団を立ち上げ、フランベルク、ヴェロニア、アヴァロニアの三王国を股にかけ、血なまぐさい伝説と共に名を挙げてきた。

戦いの中で鍛えた彼女の加護レベルは、ヴェロニア王国では海賊覇者ゲイゼリクに次いで高いと自負している。

そのリリンララのスキル〝ストロングインプレッション〟は、殺気を叩きつけることで相手を恐慌させ正常な判断力を奪うスキルだ。

こんな辺境の果てのようなゾルタンに、自分のスキルに耐えられる精神を持つ者がいるはずないと彼女は思っていたのだが……。

「あの小娘、私のスキルを受けて平気などころか笑っただと」

先程の視線の応酬は、お互い剣の切っ先を合わせた程度のものだ。

だがそこで、市長の護衛だというあの少女は、リリンララの傲慢な一撃を見事に斬って落とした。敵ながら見事というほかないと、リリンララは悔しさと感嘆が混じったため息を漏らす。

ゾルタン側が出した猶予案に乗ったのも、このゾルタンが考えていたほど与しやすい相手ではなかったと認識したためだ。リリンララはこのゾルタンの英雄達についても、しっかりと調べ対策を立てる必要性を感じたのだ。

「ここに住んでいる奴らがどんな財宝を持っているのか調べなかったのは、私の怠慢だ。海賊として恥ずべき失敗だ」

リリンララの口が横に伸びる。最近は見せていなかった獰猛な笑みがリリンララの顔に広がった。

「上等だ」

リリンララはそう鋭くつぶやくと、連れてきた部下や、雇ったある男の顔を思い浮かべながら、この町からどう奪うのか計画を練り直したのであった。

第二章 優しいハイエルフの倒し方

リリンララとの会談が行われてから3日後。

「ただいま」

俺は商人ギルドの会合からレッド&リット薬草店に戻ってきたところだ。

「おかえり」

店番をしてくれていたリットが笑って出迎えた。

「交易船は全滅だってさ」

船を襲われたという意味ではない。

リリンララの軍船に怯(おび)えて交易船がゾルタンへ来なくなったのだ。

もともとゾルタンとの交易は大した利益がでない。西から東へ売り歩いてきた商人達が、余った物を集めてやってくる程度なのだ。命を賭(か)けてまでやる商売ではないということだろう。

「でも基本的にゾルタンは自給自足でしょ?」

リットは俺のコートを受け取り、片付けながらそう言った。

「うん、食料や塩、衣類に薪、そこら辺は多少不足することや富裕層向けの高級品が手に入らなくなるくらいで大きな影響はないだろう……ただ問題があってな」

「問題？」

「まず海産物がとれなくなる」

銛を片手に海のモンスターとも戦う豪胆な漁師達も、見上げるような巨大軍艦が相手では怯えるのも仕方がない。

「魚かぁ、確かにレッドの作るシーフードシチュー美味しいもんね。食べられなくなるのはとても悲しい！」

リットは憤慨している。

「で、そこで交易船が来なくなることと、海産物が取れなくなることが組み合わさり、大きな問題が発生する」

「問題というと……」

「油だ」

「あー、たしかにそうなるか」

リットは納得したように頷いた。

「ゾルタンで使われている油は、輸入した植物油と、海で取れた魚を使った魚油だもんね」

ゾルタンでは、砂糖を輸出しオリーブ油や菜種油など植物油を輸入している。

また海の魚から抽出する魚油も生産しているが、こちらは臭いがあるためかゾルタンの町ではあまり使われず、周辺の村々で使われる事が多い。

なので、魚油は生産拠点も小さく、ストックも多くない。

輸入している植物油も、大型商船が来ないゾルタンでは頻繁に輸入はしても、大量には輸入していない。

なので、こちらもストックが少ない。

油は輸入と生産がストップすればすぐに枯渇する程度の量しかないのだ。

商人ギルドの会合でも一番問題視されていたのがその点だ。

ギルド幹部達にどうにかして欲しいと商人達は訴えていたが、幹部達も油を一度買い集め、ギルドの管理化で流通量をコントロールして枯渇を先延ばしにするくらいしか手がないと嘆いていた。

「物資不足は士気に直結するからな」

「うん、分かる」

リットはロガーヴィア籠城戦を経験している。

物資不足がどれだけ人々に不安を与えるのか身を以て知っているのだろう。

「それにレッドの料理にも油はかかせないよね……このままじゃまず私の士気がガタ落ち

する」

リットの顔に深刻さが増した……そこかぁ。

「まぁ食用油としての問題はたしかに大きいな。まずい飯は日常が遠ざかっていることを自覚させる」

「あと油を原料に使っている石鹸(せっけん)もなくなる！　レッドのためにある私のすべすべお肌なのに！」

なるほど、それは深刻だ。

「あ、レッドが真面目な顔になった」

「なんとかできないものか」

俺とリットは並んで座り、一緒に悩み始めた。

「ロガーヴィアではオリーブを使って油を作ってるけど」

「ゾルタン周辺にオリーブはないな」

「だよねぇ。陸路からの輸送は？」

「油は重さあたりの単価が安いから陸路だと難しいな」

俺達はあーだ、こーだと話し合うが、中々良いアイディアはでてこない。

「モンスターから獣脂を取るのもだめかー」

「今戦えるものはゾルタンを守るために大忙しだからなぁ」

それにいきなり大量のモンスターを狩るというのはあんまり良くない。

あるモンスターが激減したことで別のモンスターの生息域が人里へと近づき、危険な強敵を招くこともある。

「うーん、そうだなぁ……」

じっくり考えるために、お茶とクッキーを持ち出した。

2人並んでお茶をずずっと飲む。

「美味しい」

リットは、ほぅっと息を吐いた。

「この茶葉も輸入品なんだっけ」

「輸入したものと山で採れたもののブレンドだな」

「これが飲めなくなるのも惜しい。甘いクッキーとこんなに合うのに！」

リットは惜しむようにお茶の入ったコップを撫(な)で回している。

「砂糖は値下がりしそうだけどな」

「砂糖だけあっても……私は甘いものと甘くない飲み物はセット派なの」

口をとがらせて文句を言っている。

「いっそレッドが新しい油のレシピを公開するとか！」

リットは自分で言ってから、「さすがにそれは無理かー」と机に突っ伏した。

だが。

「……ないことはない」

「あるの⁉」

ガバッと机から顔を跳ね上げるリット。

「私のレッドはどれだけ何でもできるのかしら」

「いや、あるわけでもなくてな」

期待させて申し訳ないと、俺は頭をかいた。

「なんだか歯切れが悪いね？」

「ゾルタンの砂糖ってヤシの樹液から作ってるだろう？」

「うん、ロガーヴィアではシュガービートが原料だったから、ここに来た時は樹液から砂糖ができるんだって驚いた」

「で、ヤシの実は砂糖を生産している村で食べられたり、漁の網の材料に使われたりという程度が現状だ」

「もしかして油の原料にも？」

「うん。そのはずだ……多分」

ゾルタンは開拓民によって作られた町だ。

ヤシの木の利用法について詳しく知っているわけではなく、その知識は中央の人々と変わらないようだ。

だが南洋の民いわく、ヤシの木は人が必要とするものすべてをもたらす偉大な木だそうだ。一本のヤシの木から水、食料、布、ロープ、船、そして油……航海に必要なものは全て揃う。

「って話は聞いたことがあるんだ」

「すごい！　それを知ってるなら早く言ってくれればいいのに」

「……期待させてごめん、俺が知ってるのはそれだけなんだ。ヤシの実から油が作れるってことしか知らなくて、具体的にどういう工程で作られるのか、何かを混ぜなきゃいけないのかそういったことは何も」

「うーん、そっかぁ」

リットはうんうんと頷いている。

「まぁそんなわけで今回ばかりは俺にもどうしようも」

「じゃあ私、魔術師ギルドから錬金術道具を一通り借りてくる！」

「え？」

「やっぱり私のレッドはすごいんだから!!」

リットは嬉(うれ)しそうにはりきっている。

「そこまで分かってるなら、あとは実験あるのみでしょ？　ヤシの実もたくさん買ってくるから」

リットは俺の手を握ってそう言った。

……そうだな、分からないのが当然で、だからこそ試行錯誤するんだ。

リットはいつだって俺のことを導いてくれる。

「よしやってみるか」

「うん！」

リットは風のように外へ飛び出した。

俺は店に残って店番を続ける。

軍船への不安から昨日まではたくさん薬が売れたが、みんな買い揃えてしまったのか今日の客は少ない。俺は1人で店番を続ける。

リットのいない店は静かで、少し寂しい。

ヤシの実から油を抽出する方法をあれこれ考えてもみるが、どうも集中できない。

「ふうむ」

俺は仕方なく認めることにした。

本心で俺は、油の精製方法を見つけたいのではなく、リットと一緒に油の精製方法を見つけたいのだ。

「んー、どうにも平和ボケしてるなぁ」

俺は苦笑しつつも、戦ったり憂いたりするのは偉い人の仕事で俺はただの薬草店の店主なのだと割り切ることにした。

今の俺にはリットと一緒にやることが一番重要なのだ。

＊　　＊　　＊

「いやぁさすがリットさん！　引退してなおゾルタンの英雄ですな！」

「まさかこのような油の作り方があるとは！　世界を旅してきたその知識に感服するしかありません！」

「ぜひ商人ギルドにも登録を！　名誉顧問として迎えさせてください!!」

リットを取り囲み称賛の言葉を次々に叫ぶ商人達。

俺は囲みの外から、パチパチと拍手を送っていた。

リットと一緒に作業室で試行錯誤すること2日。

最初はオリーブオイルと同じようにそのまま絞ってみたりしたが駄目。

熱を加えるのか冷やすのか、溶かすのか乾かすのか……。

と悩んでいたが、「全部やろう」ということになり、身体強化魔法のパワーオブベアを使ってまでやる気を出しているリットにあてられ、俺もテンションが上がり、徹夜でゴリゴリと作業を行った。その結果、ついにレシピが完成したのだ。

「ヤシの実の果肉を潰したものと少量の焔草の粉末を混ぜ、バケツに入れ1時間置いてから、表面に浮かんだ半固形状のものを鍋にいれて熱すると無色透明の油に変わる。最後に濾して残ったカスを取り除く……と、レシピに間違いはありません。我々の錬金術師にも作らせてみましたが上手く行きました」

商人の1人が書類を見ながら言った。

怠惰なゾルタンのギルドが回っているのは、彼のような真面目でフットワークの軽い人間がいるからだろう。

「スキルが必要なのは焔草の粉末を作るところだけで、油の精製自体は誰でもできる。多分もっと油を作るのに向いた種類のヤシなら、焔草なしでも行けそうだ」

「レシピの精査も興味深いですが、今は実用レベルでヤシ油が作れたことが素晴らしい。物資不足の一つがこうも簡単に解決するとは」

俺の補足の説明に商人は感心したようにうなずくと、俺に手を差し出す。

「ありがとうございますレッドさん。今このゾルタンにあなたのような方がいてくださるのは、ギルドにとって幸運です」

商人はそう言って笑った。

俺の懐は久しぶりに温かく、そしてずっしり重くなりホクホク顔で店への道を歩く。

まぁ需要の高い新製品のレシピを公開する代金としては安く売ってしまったのかもしれないが、交易が途絶えて収入が激減しているのは俺ではなく商人達なのだ。

油の生産と流通は一任するわけだし、これくらい貰えれば十分だ。

ついでに商人ギルドへの特別貢献褒賞ということで5年ほど年会費を納めなくていいって言われたし、ギルドから借りていた開業資金の借金も全額チャラになったし万々歳。

*　　*　　*

「というわけで俺は満足してるから、そんなふくれっ面するなよ」

「むー」

リットは納得行かないという顔でむくれている。

「レッドはすごいのに、私だけ褒められて……納得行かない！」

「分かってくれる人はいたからいいさ」

「レッドももっと自分のすごさをアピールすればいいのに！」

「一応俺は目立たない方向で暮らしているしなぁ」

「でも私！　レッドと一緒にちやほやされたかった!!」

リットがむくれているのはそこだ。

2人の功績だから2人で称賛されるべきだと怒っているのだ。

「俺はリットがみんなから尊敬されるのは嬉しいよ」

「だったら私だって本当はレッドのすごさをみんなに知って貰いたいの！」

「あはは、悪かったよ。でも俺は、こうしてリットが分かってくれれば十分なんだ」

「うぐ」

リットはバンダナで口を隠すと俺をジト目で睨んだ。

頬がほんのり赤くなっている。

「またそうやって私を喜ばせてごまかすんだから」

そう言いながら差し出したリットの右手を、俺は握った。

「本心なんだけどな」

「それも分かってるけど……もう」

リットは諦めたように笑う。

「じゃあまだしばらくはレッドのこと、私だけが褒めてちやほやするんだから」

そう自分で言ってから照れているリットと一緒に、俺たちは手をつないで家へと帰っていった。

＊　　＊　　＊

翌日。俺とリットは夕方まで薬草店の仕事を続けた。

「今日はちょっと早めに切り上げるか」

客足がまばらになった頃、俺はそうリットに言った。

「別にいいけど、何か用事でもあるの？」

「ヤランドララに会いに行こうかと。ヤシの実の採り方についてアドバイスを聞きたくて」

これまでゾルタンでは、ヤシは樹液を砂糖に加工するのがメインで、ヤシの実は集落が自分で食べたり網に加工したりする分を採るだけだった。

だが油を作るためには大量に採取する必要があり、ヤシの木が無くならないようどれくらい採っていいのか、植物の専門家であるヤランドララに聞けば間違いない。

「そういえば最初は毎日遊びに来てたのに、冬至祭の後から来てないね」

「実はそれがちょっと気になっていたんだ。ヤランドララの性格なら連日遊びに来そうなもんだけど」

「じゃあお仕事を早く終わらせないとね」

リットはそう言うと、テキパキと売り上げの確認を始めた。

その作業は手慣れたもので、安心して任せられる。

お店を始めた頃は、リットも、もっとぎこちなく作業していたものだった。

夏の終わりの頃に再会し、今は冬至を過ぎた頃。

俺もリットもすっかり薬草店の仕事に慣れた。

「こっちは終わったよ」

「俺もすぐ終わる」

これで今日の仕事はおしまい。

「今日もお疲れ様」

「レッドもお疲れ様」

俺とリットは両手でハイタッチした後、抱き合って一緒にくるくる回る。

今日はそんな気分だったのだ。

「リットはどうする？」

「もちろん私も行くよ、ヤランドララとは友達だもの。じゃあ着替えてくるからちょっと待ってて」

リットはそう言って笑うと、小走りで寝室へ向かっていった。

＊　＊　＊

ゾルタンの西側に位置する港区。

辺境の小国であるゾルタンにとって、ここが外国との唯一の窓口になる。

「船が多いな」

船が沢山来ているという意味ではない。

本来は行商や漁に出ているはずの船が港に残ったままなのだ。

「やはり交易も海産物もだめっぽいな」

「ゾルタンにとってはあんな巨大軍艦は初めての経験だものね」

俺達の歩いているところからは見えないが、少し川の方へ船で行けば洋上に浮かぶヴェロニアのガレー船が見えるのだろう。

80年前に設計された旧式の船だが、海戦では今でも強力な海の古強者(ふるつわもの)として君臨している現役の戦闘艦だ。

ゾルタンへの航路で活動している商船を改造した小さな海賊船とは格が違う。

「宣戦布告されたわけではないとはいえ、その気になればゾルタンの船なんて簡単に拿捕(だほ)されるだろう。そんなものが洋上にあれば不安になるのも無理はないか」

少し歩くと、暇になった船員達の酔っ払った歌い声が往来の酒場から聞こえてきた。

何度も音を外す下手くそなＢＧＭと一緒に俺とリットは夕暮れの道を歩いていく。

川に赤い夕日が映り綺麗だ。まだ平和な景色に見えた。

ヤランドララが泊まっている宿は、船員達がたむろする酒場の先にある。

「ここら辺には初めてきたな」

俺は少し驚いて言った。港区の喧騒が嘘のように静かな区画。

小川が流れ、木々がそよぐ小さな公園のような場所。そこに宿が３軒並んでいる。

「精霊使い向けの宿なの」

リットが言った。

「海や嵐の精霊を感じ取れる加護を持っている人が船乗りになるのは珍しくないからね」

「確か王都にも『嵐のドルイド』の加護持ちで私掠船の船長がいたな」

線の細い優男で、休日は森の中で竪琴を奏でながら小鳥と戯れるのが趣味とか言っちゃうようなやつだ。

だがその優男は40隻の大艦隊を従える私掠船団の提督なのだ。

船員が言うには、海の上では無慈悲で残虐、船員が足りないからお前ちょっと近くの町で人をさらってこいとか平気で言う外道らしい。

俺は関わることがほとんど無かったので詳しくは知らないが、軍でもその残虐性を問題視されていたっけな。

リットも精霊魔法を使える『スピリットスカウト』の加護持ちだ、周囲の様子を心地よさそうな表情で眺めている。

精霊使いにとって心安らぐように原生林を残した区画ということなのだろう。

俺は木々の中を進み、森の中に佇む山小屋のような雰囲気の宿の扉を開けた。

＊　＊　＊

「ヤランドララいなかったね」

リットが言った。

俺とリットは、木陰に座ってさっきの宿で貰ったりんごを食べている。

シャクシャクとした程よい歯ごたえがあり、甘酸っぱくって美味しい。

「私達に何も言わず宿を変えていたなんて」

ヤランドララはいなかった。冬至祭の翌日に宿を引き払っていたそうだ。

どこに行ったのかは宿の女主人も分からないと言っていた。

「どうする？」

リットは残ったりんごの芯をゴミ箱に捨てて俺に言った。

「ヤランドララを捜しに行こうと思ってる」

俺もリンゴの芯を捨てて答える。

ヤランドララが何も言わずにいなくなるのは変だ。

「何か事件に巻き込まれたとか？」

「巻き込まれたというのは違う気がするな」

俺は少し考えて言った。

「なにか事件に巻き込まれたのなら俺達に伝えに来ると思う」

「伝える暇もない状況だったのかも」

「ヤランドララの能力なら、たとえ直接伝えられなくても何かしら俺達にメッセージを残せるはずだ」

ヤランドララは植物と会話し操る『木の歌い手』という加護を持つ。

周囲の木々から道端の名も知らない草にいたるまで、そのすべてがヤランドララのメッセンジャーになるのだ。それだけの力をヤランドララは持っている。

「ヤランドララは、自分から何か事件に首を突っ込んだんだと思う」

「自分から？　だったら私達に宿を変えることを伝えてもいいような」

「うーん、ヤランドララはそこらへん面倒な性格をしていてね。これが事件に巻き込まれた場合だと、事件に巻き込まれたけど心配しないで欲しいと伝えてくるんだが……」

「自分から首を突っ込んだ場合は？」

「その場合は、俺達に迷惑をかけないように黙って解決する」

「えー」

リットは苦笑して。

「私は相談して欲しいなぁ」

とぼやいた。

「俺も同じ気持ちだよ。まぁそんなわけで、ヤランドララのことを捜しに行こうかと。手伝うかどうかは別にして応援くらいはな」

「友達を心配させたくないって気持ちは分かるけど、私だってヤランドララのことが心配になるよ。なにより私もヤランドララに会いたい」

「だな、一緒に捜しに行こうか」

「でも当てはなにかあるの？」

「うーん……地道に聞き込み調査かな」

ヤランドララが痕跡を残さないようにこの宿を離れたのだとしたら、リットの『スピリットスカウト』の力を以てしても追跡することはできないだろう。

もちろん、俺の『導き手』では話にならない。

「幸い、ヤランドララはまだゾルタンに来て日が浅い。交友関係も狭いだろう」

「そうだね、そこから始めるのが私も良いと思う」

「それじゃあ……手始めにモグリムのところにでも行ってみるか」

俺は立ち上がり、下町にあるモグリムの鍛冶屋へ行こうとする。

その時、３人の男が俺達の方へと歩いてきた。

「ん」

男と視線が合う。獰猛な竜のような目だった。

「どうも」

俺が挨拶すると、竜の目の男はじろりと俺を睨んだあと、軽く目礼し通り過ぎていった。

男達は俺達が出てきた宿へと向かうようだ。

「リット、もう少しここで休もうか」

「いいけど……あの人達？」

男達は扉を開けて宿へと入っていった。

「高レベルの『アサシン』の加護持ちだ。レベル40を超えているだろう」

「加護レベル40以上の『アサシン』!?　アルベールやガラティンより遥かに強いじゃない!!」

リットは声を潜めながら驚きの声を上げた。

「もちろんゾルタン人じゃないな。外から来た人だろう」

「暗殺者ギルドの暗殺者かな？」

「たしかに『アサシン』の加護持ちは暗殺者ギルドにスカウトされるそうだが、そうでない『アサシン』もいるだろう。どこの所属か断定はできないな」

「それもそうか。でも……ヴェロニアの船と無関係ではないよね？」

「情報も少ないのに断定するのは危険だが、ゾルタンでは滅多に起こることではない軍艦の襲来と高レベルの『アサシン』。関係ある可能性のほうが高いだろう」

「そしてヤランドララが首を突っ込んだ問題と、ヤランドララの宿にやってきた『アサシン』ね」

「全部つながってるのかもな。さて、どうやら宿を荒らしに来たわけじゃないらしいが……」

気配を窺っているが、宿の中で争っている様子はない。穏便に話をしているようだ。もし暴れるようならと残ってみたが、取り越し苦労で良かった。

「出てくるみたいだよ」

リットは小声でそう言いながら俺に向けて手を差し出した。

俺はリットの手を取り、手をつないだままこの小さな森の外へと歩いていった。

森の景色を楽しみに来た恋人のフリ……いやまぁ本当に恋人同士なので、自然な感じで俺達はその場を離れることができたのだった。

あの『アサシン』に話を聞くのも手だったのだろうが、状況もわからないのにそれはリスクが高すぎる。まずは順当に知り合いのところへ行ってみよう。

＊　　＊　　＊

というわけで、下町に戻ってきた俺とリットはモグリム鍛冶店の扉を開いた。

「おう、レッドにリットさんか、いらっしゃい」

カウンターに座るモグリムが、俺達の顔を見てヒゲを揺らして笑った。

もう営業時間は過ぎているが、モグリムの店はこの時間でも研ぎなど手入れの受付だけは行っている。この鍛冶店のお客は冒険者や兵士だけではない。仕事を終えた大工や職人などが仕事道具を持ち込んでくることも多いのだ。

「どうした、また剣が折れたのか？」

「人聞きの悪い、そんな頻繁に折ってないぞ！　ヤランドララは来てないかなと思って」

「うん？　あの偏屈エルフか」

歯をむき出しにして嫌そうな顔をするモグリム。

一緒に旅をして仲良くなったかと思っていたのだが、やっぱりハイエルフとドワーフは仲が悪いらしい。

「ハイエルフが儂のところになぞ来るもんか！」

「ドワーフってハーフエルフは平気なのに、ハイエルフとは仲が悪いんだな」

「ハーフエルフには鼻につく高慢さも、頭にくるいい加減さもない。人間と変わらんからな」

確かに、ハーフエルフの性分は人間と変わらない。ゾルタンにいるエルフはほとんどハーフエルフなので、鍛冶店で問題になっているところを見たことがない。

ゾルタンに住むあまり数の多くないハイエルフもドワーフがやっている鍛冶店を選ぶことがないのだろう。

俺の友達のゴンズも見た目は美形のエルフだけど、中身は普通のおっさんだしな。

「まぁそうか、来てないか」

「うむ来とらん……来とらんが」

モグリムはふと思い出したようにつぶやいた。

「ゴドウィンのやつが、冒険者ギルドでヤランドララとミストームと話したと言っておったぞ」

「ゴドウィンとミストーム？」

これから会いに行こうと思っていたヤランドララの数少ない知り合い2人の名前がどちらも出てくるとは。

＊　＊　＊

「よーし、お前ら、明日は寝坊するなよ！」

「へい！」

ゴドウィンの言葉に3人のあんまりガラの良くない労働者達は威勢よくうなずいた。

3人が帰り支度を始めたところで、ゴドウィンは俺達のところへやってくる。

「悪い悪い、待たせちまったな」

「いや、俺達の方こそ仕事中なのに急にやってきたんだ、気にしないでくれ」

「それもそうだな」

ゴドウィンは全く悪いと思っていない様子で笑っている。

その姿に、俺もつられて笑ってしまった。

「もう商売の準備できたのか」

「おうよ」

ここは北区にある倉庫。

ゴドウィンが夕暮れになっても準備していたのは、ガラスを詰めた袋で満載の荷馬車だ。

ゾルタン―ズーグの集落―ジェムジャイアント交易が動き出すのだ。

「ヴェロニア王国の軍船の件で護衛が集まらなくなったんじゃないかって心配したよ」

「実際協力してもらえるはずだった冒険者が半分以上使えなくなって慌てたぜ。そこは盗賊ギルドで冷や飯食ってる昔の仲間に声かけてなんとか人を集めたよ」

「ビッグホーク派の残党か。信用できるのか？」

「仁義やらとは程遠いクソ野郎ばかりだが、ちゃんと金払ううちは大丈夫だ。盗賊ギルドにいてももう未来はないだろうし、俺と一緒に商売やってたほうがマシだってあいつらも理解してるさ」

　ギルドでビッグホークの右腕として働いていた頃と違い、ゴドウィンの表情は活き活きしている。盗賊ギルドの仕事に良心の呵責を感じていた……ということは以前のゴドウィンの性格からすると無いだろう。

　最近ゴドウィンの価値観を変える出来事があったのだ。

「それでゴドウィン。ヤランドララとミストームさんのことで聞きたいんだけど」

　リットが言った。

「私達ヤランドララを捜しているの。あなたが冒険者ギルドで2人を見たって聞いたんだけど、話を聞かせてくれる？」

「今度はお前らの方がヤランドララを捜してるのか。この間とは反対だな」

「ヤランドララ、私達に何も言わず宿を変えたみたいなの。もしかしたら何か事件に首を突っ込んだんじゃないかと思って」

「ゾルタンで起こる事件なんざ、あのヤランドララならどーとでもなるだろ。と、言いたいところだがヴェロニアの軍船のことがあるしな。俺は商売の準備でそれどころじゃなかったから軍船については詳しくは知らないが」

「そっちはルーティとティセとうげうげさんが調べてるわ」

「あいつらが前に出てくれるんなら心配ねぇな！」

ゴドウィンは安心したように笑った。

「で、ヤランドララだな。といっても俺も冒険者ギルドでちらりと見ただけだぞ」

「詳しく話して」

「ヤランドララを見たのは……冬至祭の翌日の朝方だ。ただ冒険者ギルドといっても、冒険者がたむろしているホールじゃない。

あの日、俺は護衛の冒険者の打ち合わせにギルドへ行ってたんだ。ミストーム師の口利きで、直接ギルド長のハロルドと仕事の話をしてたんだ。他にも幹部のガラティン、あと衛兵隊からも副長のケビンが来てた。俺の商売のためにこれだけ集まったんだ。へへ、大したもんだろ？　で、まぁ、そういうわけだからギルドの奥の部屋で話してたんだよ……まぁ話した内容はほとんど無駄になっちったけど」

「そこでミストームさんを見たのか？」

俺がそう言うと、ゴドウィンはうなずいた。

「ああ。話が大体まとまったくらいの時に職員が慌てた様子で部屋に入ってきてな。『ミストーム師が来られた』って報告したんだ。多分ありゃハロルドとガラティンにだけ聞こえるように言ったつもりだったんだろうけどな。慌ててたからかあそこにいた全員に聞こえてたな。それで2人が離席しようとしたんだよ」

「それも朝のことか？」

「ああ、朝だな。時計を見たわけじゃないが10時にはなってなかったと思うぜ」

冬至祭の翌日というと俺達が釣りをしていた日だ。

たしか俺達がヴェロニアの船を見たのはお昼過ぎ。

サリウス王子からの接触は翌日だったそうだが、巨大な軍艦がゾルタンに接近しているという報告が入れば、衛兵隊も冒険者ギルド上層部も緊急招集がかかったはずだ。

そうなれば衛兵隊はゴドウィンの商売どころでは無かっただろうから、この時点では船のことはまだ広まっていないと考えるべきか。

「で、俺の商売はミストーム師がいなけりゃ成立しなかったわけだし、ここは礼の1つでも言っておくのが筋だろうなと思ってよ、俺も一緒に離席したわけだ。そしたら俺も俺もと、そこにいたやつらがみんな立ってミストーム師に挨拶(あいさつ)に行こうとするもんだから、ガラティンのやつが怒り出してな」

思い出し笑いをするゴドウィン。

「あの強面に睨まれたら衛兵隊の副長も猫みたいに小さくなっちまって。その隙に俺はハロルドを急かして部屋を抜け出し、ミストーム師のところへ行ったんだ」

「なるほど」

「そこでヤランドララが一緒だったんで驚いたぜ。ちょっとビビっちまって及び腰になっているうちに、ガラティンが走ってきてミストーム師と二、三言葉を交わすと、ハロルドへの挨拶もそこそこに一緒になってどこか外へ出かけて行ったよ」

「ガラティンも一緒にか」

冒険者ギルド……というよりガラティンが個人的にかかわっている感じだな。

「なら次は冒険者ギルドか」

「あ、ちょっと待て」

話を聞けたと立ち上がろうとした俺をゴドウィンが呼び止めた。

「ティセとうげうげさんがヴェロニアの件にかかわってるなら伝えて欲しいんだが」

「何かあったのか？」

「昔の仲間を集めたときにちょいと嫌な話を聞いてな」

「嫌な話？」

「ああ、なんでもゾルタンのお偉方のうちヴェロニアの言う通りにするべきだってやつらが、ビッグホークの手下だった盗賊達を集めてやがるんだと」

「盗賊をか」

「万が一にもうげうげさんがやられることはないとは思うが、念の為伝えるだけ伝えておいてくれ」

ゴドウィンはどうやらうげうげさん達のことを心配しているようだった。

やはりゴドウィンは変わっていた。

＊　＊　＊

ゾルタン北区は農地の広がる区画だ。

ゾルタンの中で、北区が一番面積が広いのだが、住んでいる住人の数はそう多くもない。ほとんどの土地は野菜や小麦が並ぶ農園だ。ルーティの薬草農園も、この北区の土地を借りている。

なぜそんな北区に冒険者ギルドがあるのかというと、一つは農地で起こる問題の解決を依頼されることが多いからだろう。

ゾルタンの城壁とは名ばかりの、簡単によじ登ることができる程度の塀では、時折農作物や人そのものを狙うモンスターや動物が入り込むのでそれにすぐ対応できるように北区に配置したらしい。

だがまぁ、ゾルタン周辺のモンスターは嵐の災害で数が増えにくいせいか平均的に加護レベルが低い。

モンスターのレベルは弱肉強食の生存競争によってあがるからだ。

生まれつき強い肉体や強力な特殊能力を持つモンスターは、成長過程で多くの生き物を殺すためレベルがあがる。

これが自然災害によって数を減らされる地域の場合、災害をも圧倒する強大な個体が現れるか、ゾルタンのように災害をやり過ごすことに終始する平和な地域になるかだ。

そんな平和なゾルタンなので、冒険者ギルドが北区にある理由は、ただ単に忙しい時期には冒険者を農作業に駆り出せるからかもしれない。

「これはリットさん！　お久しぶりです！」

ギルドの受付に座っていた女性は、リットの姿を見て感激した様子で声を上げた。

「ルイズ、久しぶり。元気だった？」

「はい！　でも、リットさんが引退されてから、難しい依頼を受けてくれる人がいなくなって。ビュウイさんは頻繁にいなくなることがあって大変でしたし、ルールさん達は薬草農園の方が本業なので長期の依頼は受けてくれませんし」

「ごめんね」

「あ、いえ、私の方こそすみません、つい愚痴っぽくなってしまって。リットさんがいた頃が特別なんですよ」

ルイズという名のギルド職員は、熱っぽい視線をリットに送っている。

どうやら英雄リットのファンだったらしい。

「あ、その、今日はどのようなご用件で」

我に返ったのかルイズは顔を赤くして用件をたずねた。

「ガラティンに会いに来たんだけど、今ギルドにいる？」

「申し訳ありません、ガラティン様は聖堂へ行っておられます」

「聖堂というとシエン司教のところ？」

「はい」

サリウス王子のことで打ち合わせに行っているのだろうか？

いや、それよりも……もしかすると。俺がリットの後ろで考え込んでいると、ルイズは期待にあふれる表情でリットに話しかけていた。

「もしかして、リットさんもヴェロニアの軍船関係の依頼を？」

「え？　いや違うわよ、私はただ知り合いを捜しているだけ」

「そうなんですか……英雄リットも復活してくれるのなら心強かったのですが」

ルイズは肩を落としてがっかりしていた。

「ごめんね。でも、ルーティが手助けを必要としていたら、私もレッドも手伝うわよ」

ルイズの顔がパッと明るくなる。

「良かった！　実は私も不安だったんです。ヴェロニアの王である海賊覇者ゲイゼリクの悪名はこのゾルタンにも届いていますし、あの船の中にどんな怖い人達が乗っているかと思うと……でも、今のBランク冒険者のルールさん達に英雄リット、それにガラティン様達の先代パーティー！　歴代ゾルタン最強の冒険者達が動いてるんですもの！　乗り越えられない危機なんてないですよね！」

声が大きくなったルイズを見て、リットはちょっと照れた様子だ。

「ところでガラティン達の先代パーティーもというと？」

俺が後ろから声をかけた。

「あ、私達からリットさんを奪ったレッドさんだ」

「え、ああ、その節はどうも……ええっと、ガラティン達が冒険者としても動くということか？」

「ええ、そうです！　ギルドのことはハロルドギルド長に任せて。他にもシエン司教やモーエン隊長、そしてゾルタンの守護者ミストーム師。先代Bランクパーティーが再結集してるんです！　他言無用みたいですがリットさんになら伝えてもいいでしょう！」

「ミストームさんも？」

ヤランドララと一緒にいたというミストームさん。

もう高齢で引退した彼女だが、その気になればまだゾルタン最強の魔法使いを名乗れるだけの力があることは俺もリットもよく知っている。

ゾルタンの危機に引退した英雄達が立ち上がったというと話の筋は通るが。

「ちょっと腑に落ちないよね」

「そうだな」

俺とリットは顔を見合わせてそう言った。

*　*　*

あたりはすっかり薄暗くなり、太陽は地平線へと沈もうとしていた。

俺とリットは中央区の通りを2人並んで歩いている。

「ミストームさんがゾルタンのために冒険者に復帰したって、どう思う?」

「英雄が国を救うときはこそこそ動くもんじゃない。剣を掲げ、盛大に名乗りを上げて、堂々と進むもんだ。今回のルーティが議会を仕切ったように、味方の柱となるのが英雄だ。堂々とできないってのは、何かしら人には言えない目的がある気がする」

「確かにそうね」

俺の言葉にリットはうなずいて同意した。リットも故国を救うために立ち上がった英雄だ。自分がどういう役割を果たしたのかについては、『導き手』の俺よりも分かっているのだろう。

「それにしても」

整備された中央区の道を歩きながら、俺はボソリと呟いた。

「こうして何かを探して色んな所を回っていると、昔を思い出すな」

「昔って？」

「ルーティと旅をしていた頃だ。あの頃も、よくこうしてあっち行ったりこっち行ったり、情報を頼りにうろうろしたよ」

勇者の旅といっても、華々しい戦記ばかりではない。

特に旅立ちの頃なんて、伝説の勇者などといえば笑いものにされることの方が多かった。

だから最初は、その土地で起きている問題を解決して実績や信頼を得るというのが基本方針だったのだ。それに魔王軍の工作部隊が入り込んでいて、人類の結束を乱すために暗躍していたということもあった。

俺達のパーティーは戦闘に特化していたから、情報収集はそりゃもう地道な聞き込みだった。

「ヤランドララが一緒に来てくれてからは、伝説の勇者のパーティーらしく植物を使って一気に情報を集めるとか、色々すごいことができるようになったけどね」

「ロガーヴィアでも調査は得意じゃないって言ってたっけ」

　俺達とリット達がそれぞれ山村を調査した時の話だ。

「あの時食べた保存食のビスケット、また食べたいな」

「そうだな、今度また作るか」

　リットは懐かしそうに笑った。

「あの時のリットには苦労させられたけど……ロガーヴィアはまだ良かったよ。ルーティの力を認めた上で、それでも自分達で守りたいって扱いだったから。最初の頃はアヴァロニア王国内の領主でさえ、王を騙す偽勇者だって露骨に嫌がられたからな」

「うわぁ、それは大変だったわね」

「ルーティはなりたくもない勇者を押し付けられて、なのに救おうとしている相手からは偽勇者だと拒絶されて、俺は悔しかったなぁ」

　あの頃のことを思い出してしみじみと言った。

「それに酷いことを言われるルーティがかわいそうで」

「そうでもない」

「ルーティ!?」

　いきなり現れたルーティが俺の胸に飛びついてきた。

慌てて俺はルーティを受け止める。

「私は私のことを他人からどう言われようが気にしない。あの時のことは私のためにお兄ちゃんが怒ってくれて嬉しかった。大切な思い出」

そう言ってルーティはぎゅうぎゅうと俺の身体を抱きしめる。

「ありがとうお兄ちゃん」

そうルーティは俺の腕の中で微笑んだ。

「どういたしまして。ルーティにとって良い思い出なのだとしたら、俺にとっても嬉しいよ」

「だったら私はもっと嬉しい」

ルーティは嬉しそうにもう一度ぎゅっと俺の身体を抱きしめると、名残惜しそうに俺から離れた。

「ルーティはこんなところでどうしたんだ？」

「モーエンを捜してる。教会にいるって聞いたから向かってたところ」

「なるほど……俺達はヤランドララを捜してたんだ」

「ヤランドララを？」

俺はルーティにこれまでの経緯を説明した。

「なるほど、それでお兄ちゃん達は聖堂に向かってたんだ」

「モーエンも来ているとなると、情報通り先代Bランクパーティーが集まっているのか」

「この非常事態にガラティンもモーエンもどちらもいないなんて不自然」

「ルーティの言う通りだ。それに彼らはヴェロニアへの抵抗を支持しているわけだしな。その当人達が組織を率いる立場から離れて冒険者に戻るってのは俺も不自然に思えるな」

「ところで」

リットがあたりを見回して言った。

「ティセは一緒じゃないの？」

「うん。ティセには盗賊ギルドへ行ってもらった。もしかしたら先にヴェロニアのスパイがゾルタンに潜入しているかもしれないから調査協力の要請に。あと疑いすぎて無関係な人に危害を加えないように釘（くぎ）を刺しにも」

「さすがだな」

「お兄ちゃんに褒められた」

嬉しそうに照れるルーティを見て、俺もリットも微笑んだ。

他人から見ればその表情の変化は分からないだろう。

だけどルーティは自由になった感情を心から楽しんでいるようだった。

笑って、照れて、ときに怒って、また笑って。

ルーティはますますかわいい女の子になっていく。

＊　＊　＊

ゾルタン中央区にある聖堂。

立派なアーチ門をくぐると、中では不安そうな人々を教会の神父が説法によって励ましていた。

「これはルールさんにリットさん、それとレッドさんも」

入り口の側にいたまだ若い僧侶が小声で声をかけてきた。

「皆様もデミス様への祈りを捧げに？」

「違う。モーエンとガラティンがここに来ていると聞いた」

「あ、そうでしたか。かしこまりました、ご案内いたします」

僧侶はペコリと頭を下げると俺達を左の扉へと案内した。

リットがちょっと困った顔で苦笑している。

「私達には都合がいいけど、先に案内してもいいのか取り次がなくていいのかな？」

「普段のゾルタンの教会は来る者拒まずが方針みたいだからな。先に案内していいかをシエン司教やガラティンに聞くって習慣が無かったんだろう。まぁ怒られそうならフォローしてやろう」

「うん、そうだね」

祭壇のある主聖堂から中庭へと出て渡り廊下を進むと、僧侶達が日常的に使う小聖堂と住み込みの僧侶達が生活する寮、そして会議室などを含む事務所のある建物へ入る。

中央から建築家と職人を呼んで、ゾルタン人にとっては卒倒するほどの費用をかけて作らせた大聖堂と違い、こちらの建物はゴンズのひいお爺さんが設計したらしい、ゾルタンでよく見かける造りの建物だ。

会議室の2つ隣の部屋。

分厚く頑丈な樫の扉を、ここまで案内してくれた若い僧侶がノックした。

「司教様。ルールさんとリットさん、レッドさんが来られました」

ざわりと中の気配が揺れた。

やっぱり俺達の突然の来訪に驚いているようだ。

「……リットさん達ですか。どうぞお入りください」

中から声がすると、若い僧侶は両手で扉を引いた。

窓のない小さな部屋だ。中央には飾りっ気のない円卓。

周りに椅子が4つ。小さな祭壇と精神統一用のマット。

壁の棚にはマジックポーションが並び、その脇には武器と手入れ道具が置かれている。

横目で見れば、扉の内側には鉛の板が貼られていた。

おそらくは壁紙の下も同様だろう。透視や遠見などの占術対策だ。

「なるほど、ここがあなた達の拠点だったのか」

「ええ、そうです。ここを使うのは久しぶりですが、毎日掃除はしていますので埃っぽくはないでしょう？」

「確かに綺麗な部屋だ。でも夏は暑そうだな」

「ははは。モーエンはいつも文句を言っていましたね」

「私が生意気な若造だったころの話はやめてくれ」

シエン司教にからかわれ、モーエンが苦笑している。

部屋にいたのはシエン司教、冒険者ギルド幹部ガラティン、衛兵隊長モーエンの３人。

和やかな会話だが、３人の俺達を見る目には鋭いものがある。

隠しきれない、招かれざる客に対する剣呑な雰囲気が部屋に漂っていた。

「では私はこれで失礼いたします」

そんなことに気がつく様子もなく、若い僧侶は笑顔で頭を下げると、軽い足取りで戻っていった。

「はぁ」

シエン司教がため息を吐いた。

「怒らないでやってくれ。こんな状況で、リットやルーティがやってきたら俺達もあなた達の打ち合わせに呼ばれたと思うだろう？」

「彼の無知は教えた私の責任です。指導はしても憂さ晴らしに叱ることはしませんよ」

シエン司教は温厚そうな顔に笑みを浮かべた。

「ようこそ、我らの古巣へ。当代の英雄達に来てもらえて嬉しく思います」

シエン司教の歓迎の言葉にリットは肩をすくめた。

「腹の探り合いするような関係じゃないでしょ。私もあなた達もゾルタンの冒険者なんだから」

「確かに仰る通り、我々は同じ目的を持つ同志というわけですな。それで今日はどのようなご用件で？」

「私は衛兵隊の配置と演習計画についてモーエンと相談に」

ルーティがモーエンを見て言った。

「あ、ああ、そこらへんは副長のケビンに任せていたのだが……」

「ケビンにはまだ無理、知識も経験も足りない。モーエンは衛兵隊を直接指揮するべき」

「いやしかしケビンも十分な訓練を……」

「足りない」

ルーティはじろりとモーエンを睨む。

威圧されたモーエンの顔には動揺が見えた。

「何よりケビンは、このゾルタン未曾有の状況にあなたが現場を離れていることを不安に思っている。そしてそれはすべての衛兵達も同様に感じている、士気の低下が著しい」

「う、うむ……」

言い返せなくなったモーエンは助けを求めるようにガラティンとシエン司教を見る。

ガラティンは苦笑しながら頷くと口を開いた。

「ルールの言う通りだ。モーエンは俺達の中で最年少だが、俺と違って組織の長であり、ゾルタンを守る要の衛兵隊長だ。今回は別行動するしかないだろう」

「な⁉ 待ってくれガラティン！」

モーエンは慌てて抗議する。

モーエンのその姿を見て俺は確信した。

「サリウス王子が捜しているのはミストームさんか」

シエン司教達3人の目つきが変わる。

ガラティンが拳を握ったのを見て、リットは片足を引いていつでも足技を使える体勢を見せた。これじゃあ俺の推察を認めたようなものだろう。

今度はモーエンがため息を吐くと、ガラティンの腕を掴んだ。

「待てよガラティン。ギルドの幹部が身内の冒険者と争うつもりか？」

俺達とモーエンとはアデミのことで親しくなっていたこともあり、警戒こそしても構える素振りは見せていない。

万が一にも戦うつもりはない。そう思っているようだ。

もちろん俺も同じだ。

「なぜサリウス王子の捜している人がミストームだと？」

シエン司教が俺の目を見ながら言った。

「モーエンが職務を放棄してまで冒険者に戻る理由となると、家族か仲間しかないだろう」

「なるほど」

シエン司教は観念したように笑った。

「レッド君。君のことはガラティンやモーエン、それにミストームからも聞いています。英雄リットやルール君にも劣らぬ風格があると。私もそれを認めるしか無いようですね」

「あー、なんだか警戒させてしまったみたいだけど、俺とリットはヤランドララを捜していただけなんだ」

「ヤランドララさんを？」

「その言い方だと、やはりすでにヤランドララと顔見知りみたいだな」

「我々3人とも昨日はじめて会話したところですが。なるほど、それで私達のところまで行き着いたと」

「だからあなた方の問題にかかわるつもりは無かったんだが……ミストームさんにはこの

間世話になったからなぁ」

「〝世界の果ての壁〟に行ったそうですね、全く、帰ってから聞かされたときは驚きましたよ。とっくの昔に引退して大人しくしていると思ったら、そんな危険な旅をしていたとは。仲間である私にも声をかけてくれるべきでしょうに」

「ミストームは昔からそういうところがあるな」

シエン司教のぼやきに、ガラティンは表情を崩して言った。

彼らから感じるのは、仲間に対する強い親愛の感情だ。

きっとヤランドララも彼らのミストームさんに対する感情を見て好ましいと思ったに違いない……今の俺と同じように。

「とにかく少なくとも俺達はミストームさんを裏切るようなことはしない」

「ありがとう、それだけ聞ければ十分です」

シエン司教がガラティンとモーエンを見る。

2人とも頷いた。

「ふぅ」

最後に俺がため息を漏らす。

ミストームさんの仲間であり、このゾルタンを守り続けてきた英雄達と敵対するなんてことにならずに済んで良かったと、俺は安堵(あんど)したのだった。

＊　＊　＊

アルベールがゾルタンに来る以前。

何十年もの間、唯一のBランク冒険者パーティーとしてこのゾルタンの問題を解決していたのがミストームをリーダーとする彼らのパーティーだった。

最初は3人。その後モーエンが加わり4人の冒険者パーティー。

『アークメイジ』ミストーム。

『戦士(ファイター)』ガラティン。

『僧侶(クレリック)』シエン。

『アーマーナイト』モーエン。

特にミストームさんはゾルタンでは滅多に無い上位の加護持ちとあって、ゾルタンでの人気は非常に高い。

現役時代は〝ゾルタンの守護者(ガーディアン・オブ・ゾルタン)〟ミストームという二つ名で讃(たた)えられていたそうだ。

ちなみにガラティンは、〝ゴブリンの災い〟ガラティン。

シエン司教は、〝聖なる壁〟シエン。

そして我らが衛兵隊長のモーエンは〝でっかい鎧(よろい)の〟モーエン。

モーエンはこの気の抜ける二つ名を今も気にしているようで、話を振ると悲しそうに愚痴をこぼしていた。とにかく彼らはゾルタンの英雄だ。

だが、そのリーダーであるミストームさんについて、彼女が冒険者として活躍する以前の逸話は全く無い。

他のメンバーであれば、ガラティンなら身体が小さくいじめられていた彼に、貧乏な家でも食事だけは困らないようにした両親の話や、モーエンはゾルタンの貴族の庶子で、家を飛び出し衛兵隊に入るまでの話などが知られている。

だけどミストームさんにはそれがない。

ミストーム、ガラティン、シエンの3人がパーティーを結成した瞬間から、突然ミストームさんの名が登場する。

「51年前から始まったゴブリンキング・ムルガルガの大動乱。その残党がゾルタンを襲ったのが45年前。窮地に陥ったゾルタンに突如として現れた美貌の『アークメイジ』。混乱していたゾルタンの住民達をまとめあげ、ついにはゴブリン軍の残党を壊滅させた英雄。これ以前の記録も噂もまったく存在しない」

「ゾルタンは移住者の過去を詮索しないのが習わしですからね。レッドさんの過去を詮索しようとする輩も滅多にいないでしょう？」

「確かに。俺も今のところはミストームさんの過去を詮索なんて真似はするつもりはないよ。俺達の目的はヤランドララとの合流であるし……ただ今回の事件の解決にあたっているルーティには教えてもらわないといけないだろう？」

「それは理解できます。ですが仲間とはいえ……いや仲間だからこそ彼女の過去を勝手に私が話すわけには行かないのです」

「うん。その言い分も理解できる。だからまずヤランドララの居場所を教えて欲しい。ミストームさんと一緒にいるのか？」

「ええ……本来であれば我々がミストームとともに行動して彼女を守るべきなのでしょうが、我々は仲間のために何もかも捨てて戦うことができなくなるくらいには老いました……ヤランドララさんには感謝しています」

「ヤランドララはどこへ？」

シエン司教は部屋の棚からゾルタン周辺の地図を取り出した。

テーブルに広げられた地図は一般に売られているものより正確に描かれていた。

「ヤランドララとミストームはこの森にある集落にいます」

「森か」

「ミストームが暗殺者に襲われました。危ういところをヤランドララさんが助けてくれたのです。それ以上の詳しい話はヤランドララさんから直接お話をうかがってください」

「暗殺者か、分かった。信頼してくれてありがとう司教」

ミストームさんが助けを必要とする相手となると……あの港区で会った『アサシン』しかいないだろう。

「森へは、そうですね、ガラティンとモーエンはゾルタンを離れられないようですので、私が案内しましょう」

俺の隣でルーティが頷いた。

「それがいい。衛兵隊はモーエンがいないと統率が取れない。冒険者ギルドはギルド長のハロルドが本心ではサリウス王子の要求に屈するべきだと思っている。ガラティンがいなければギルドの方針を変える可能性がある」

ガラティンはルーティの言葉に悔しそうに顔を歪めた。

実績も能力もガラティンの方がハロルドより上だろう。

だが、ここはゾルタン。ハロルドが年齢で役職を退くまでガラティンがギルド長になることはない。

「……ルールの言う通りだ。シエン、ミストームのことを頼んだぞ」

「任せてください」

シエン司教の言葉に、ガラティンとモーエンはそれでもやはり、仲間の危機に思うように動けない自分に歯がゆさを感じているようだった。

幕間

45年前の青春

45年前。

大陸中のゴブリン達を一斉蜂起させた、偉大なるゴブリンキング・ムルガルガがバハムート騎士団によって討伐されるも、いまだゴブリン軍の残党が、大陸中を荒らし回っていた頃。

アヴァロニア王国軍との戦いに敗れたゴブリン達が次々に辺境へと落ち延びていった。

平和だったゾルタンも例外ではなく、次々にやってくるゴブリンの敗残兵達が野盗化し、ゾルタン史上最悪の治安状況となっていた。

10人以上のゴブリン達を前に、若き冒険者ガラティンとシエンが戦っている。

「おいシエン！　衛兵はこないのかよ！」

ガラティンが叫んだ。ゴブリン達は槍、剣、弓、そして鎧兜で武装しており、普段戦うゾルタンのゴブリン達とは明らかに強さが違う。

ゴブリン達は数年間に及ぶ戦争と略奪で加護レベルも上がっており、すでにCランク冒険者であったガラティンやシエンも苦戦を強いられ続けていた。

「ヒッハーッ!!!」

ゴブリン達が雄叫び(おたけ)をあげて襲いかかってくる。ガラティンは手にしたウォーハンマーを振り回し、最初に飛びかかってきたゴブリンの頭を叩(たた)き割る。

2人めのゴブリンはガントレットをつけた左手でぶん殴る。3人めのゴブリンの顎(あご)をウォーハンマーでかち上げ、4人めの槍を左脇で挟んだ所で、ついにガラティンの動きが止まる。

ゴブリンの槍が突き出され、ガラティンは死の恐怖で思考が一瞬凍りついた。

「ディメジョンホイップ!」

ガラティンの姿が揺らいで消える。

そして、後方10メートルほど下がった場所に現れた。

「我が真言にて来たれ! 破邪顕正(はじゃけんしょう)の風刃! カッタートルネード!」

続けてシエンは魔法で風の刃(やいば)を飛ばす。ゴブリン達が怯(ひる)んでいる隙にガラティンの手を取る。

「退きましょう!」

「くっ!」

ここにいるゴブリンは一部隊に過ぎない。総数は不明だが100を超えるという情報もある。こんなところで命をかけて良い状況ではなかった。

「こいつら……俺たちの国を！」

こんな危機はゾルタンには似合わない。ゾルタンはもっと平和で、呑気で、退屈な場所であるべきなんだ。ガラティンは怒りで震えていた。

だが、状況は絶望的だ。相手は残党とは言え、中央の精鋭走竜騎士達とも渡り合ったゴブリンの兵達。平和な世界に生きてきたゾルタンの兵士達では歯が立たない。

ゾルタンの当時のBランクパーティーがゴブリンに倒され、その首がゴブリン達の戦旗として掲げられているのを見た時、すでにゾルタンは敗北していたのかもしれない。

集落が襲われているのに、ゾルタン軍は町からでようとしなかった。みな恐れていたのだ。

「ガラティン。援軍はありません」

「なんでだ！　相手は精兵とはいえ100人程度だぞ！　たった100人にゾルタンが滅ぼされるのか!?」

「相手は歴史の中心で戦い抜いた真の悪党どもです。歴史書の片隅にも残らない脇役である我々では……」

若い情熱の任せるままに町の外へと飛び出した冒険者ガラティンとシエンは、襲撃されている集落を救うため、村の戦士達をまとめて、漁村へと落ち延びさせ安全な場所で脱出する計画だった。

ゴブリン達は船を持っていないため、海に出さえすれば安全に逃げられるはずだ。そうガラティン達は考えた。

だが結局、救えた集落は2つだけ。それ以上はゴブリン達に阻まれ、今もこうして2人は逃げ帰っているところだった。

そして。

「!!!!!!」

シエンが絶望の悲鳴をあげた。ガラティンも呆然と立ち尽くす。

そこには燃え盛る村があった。2人が命をかけて救ってきた村人達を焼き尽くす炎があった。

「やめろおおおおお!!!」

ガラティンは咆哮し、ウォーハンマーを握りしめながら走り出した。

ガラティンを止めなくてはならない。今行くのは自殺行為だ。

だが、気がつけばシエンも走り出していた。無為に散らされていく命達に、シエンの『僧侶』の加護がシエンの足を駆り立てたのだ。

そして2人は死地に向かう。

1人でも助けようとゴブリンに挑んだガラティンとシエンだったが、すぐにゴブリン達に包囲されてしまう。

「畜生」

まだ少年の頃を過ぎたばかりの若いガラティンは、悔し涙を流しながら周りのゴブリン達を睨んだ。

だがもう勝ち目はない。戦うゴブリン一人一人がガラティン達と同じくらいに強かった。

2人はせめて1人でも道連れにしようと、覚悟を決める。

その時。

「極地の風よ、命奪う冷気よ！　吹き荒れろ！　ブリザード!!」

激しい氷の魔法が炎と共にゴブリン達を吹き飛ばした。

何が起こったのか分からないガラティン達は、走る足を止めた。

凍てつく吹雪が収まった時、ようやく2人は彼女達の姿を見た。

「かかれ！」

彼女は叫ぶ。カットラスを構えた20人もの屈強な海賊たちが、氷の魔法でよろめいているゴブリン達へと襲いかかった。

砂浜には帆船が停泊し、甲板にいる海賊が弓を構えてゴブリン達を次々に射貫いている。

ゴブリンの脅威からゾルタンを救うために立ち上がったのは、無法者達を統べる美貌の女海賊。

またたくまにゴブリン達を成敗し、女海賊はガラティンとシエンの下へと歩み寄った。

「この地の冒険者ね！　その身体の傷を見れば勇敢に戦ってきたことは分かるわ！」

女海賊は2人に手を差し伸べる。

「私はゴブリンキングの軍と戦ってきた経験がある！　あとは兵力さえあればゴブリンになんて負けない！」

「兵力だって⁉」

「私をゾルタンに案内して！　私が指揮を執る！　我が船レグルス号の名にかけて！　私はミストーム、ゴブリンどもを1人残らず根絶やしにしてあげる！」

ミストームは海賊特有の獰猛(どうもう)な笑みを浮かべた。

若きガラティンとシエンは困惑しながらも、美貌(びぼう)の女海賊の顔に見惚(みと)れていたのだった。

第三章　暗殺者ギルドと暗殺者

夜。

ゾルタン中央区から城門の方へと抜ける道を、レッド達を案内していた若い僧侶が足早に歩いている。

「ふふっ」

口元に笑みが浮かんでいるのは、シエン司教からゾルタンの外で暮らす教会関係者の家族を教会で保護しても良いと言われたからだ。

彼の家族はゾルタンから海の方へと歩いて30分くらいの近場にある小さな集落で小作農をしている。彼が向かっているのは家族の住む家だ。

地主はそう悪い人ではないが、収穫したものは領主と地主と教会に渡せば何も残らない。彼の家族は、地主が用意した家の裏にある小さな畑で育てた芋と豆でなんとか生活していた。そんな中、次男として生まれた彼は『僧侶』の加護を宿していた。

ゾルタンの教会で聖職者になれることが決まった日、どこから用意したのか、彼が食べたこともなかったひき肉とじゃがいもの美味しいシチューと、小麦のビスケット、りんごのお酒で彼の旅立ちを祝ってくれた。

あの日の夜、彼の母は継ぎ接ぎだらけの暖かそうな肌着を少し申し訳無さそうに差し出した。

「カッコ悪いけど身体冷やしたらいけないからと思って。寝間着に使って」

彼はその服を大事に受け取り、その日以来どんな寒い冬の日でも風邪を引いたことはなかった。

彼は、いつか自分の教会を持って、その土地で家族にもっと楽な生活を送ってもらうのが夢だった。

その夢にはまだ遠いが……初めて彼はあのゾルタンでもっとも立派な建造物である大聖堂へ家族を連れ、かけがえのない彼女達を保護することができるのだ。

今がゾルタンの非常事態だとは分かっているが、それでも彼は初めて目に見える形で家族のために何かができることを喜んでいたのだった。

コツンとつま先が小石を蹴飛ばし、若い僧侶は我に返った。

前を見れば、1人の男が夜道の真ん中に座り込んでいる。

月明かりに照らされた男は……巨大な斧を地面に置いて、じろりと僧侶のことを見ていた。

嫌なものを感じた僧侶は引き返して別の道を行こうとする。

だが背後からも2人の男が近づいてくる。

パニックになった僧侶は近くの塀と塀の間の細い路地へ逃げようとした。

「あっ⁉」

僧侶は突き飛ばされて地面に倒れる。路地にも1人、肩幅の広いがっしりとした男がいた。この男の顔に、僧侶は見覚えがあった。

「あ、あなたは盗賊ギルドの！」

以前、チンピラのヒモから逃げてきた娼婦をシエン司教が保護したことがあった。

その時のチンピラがこの男だ。

裏社会とは無縁の生活を送ってきた僧侶だったが、あの恐ろしいビッグホークの手下の1人だったとシエン司教が話していたのを聞いていた。

「あんときは世話になったな」

男は釘がびっしり打ち込まれた恐ろしげな棍棒を片手に持ち、ニヤニヤと笑っている。

世話になったと言われても、シエン司教が男の前に立ちふさがっている間に僧侶はただ女性を教会の奥へと連れて行っただけだ。

女性の身体にできた無数のアザを見て、強い義憤に駆られたのは確かだが、男に対して何かしたかと言われれば、何もしていないと答えるしかない。

だがきっと、男にとってはあの時のウサを晴らせれば理屈などどうでもいいのだろう。

「おい、まだ殺すなよ。そいつは司教への脅しに使うんだからな」

後ろから近づいてきた男の1人が言った。

腰には夜の闇に紛れるよう黒く塗られた盗賊の剣をぶら下げている。

「ちっ、分かってるっての。俺に指図するんじゃねぇよ」

「あん？　誰に口利いてんだコラ」

「偉そうな顔してんじゃねぇよ、テメェが幹部候補だったのは昔の話だろうが！　今じゃ俺と同じ何もねぇクソだろ」

「んだとコラ!!」

剣の男は殺気立つ。

棍棒の男も怯む素振りはなく、虫歯で黒くなった歯をむき出しにして睨み返す。

だが。

「殺したいなら後で俺に依頼しろ、2人ともしっかり殺してやる。だが今この場は俺の指示に逆らうな」

斧の男が不機嫌そうな言葉を発すると2人は押し黙ってしまった。

「も、もちろんあんたに逆らうつもりはねぇよ」

チンピラ達は何度も頷いている。その顔には怯えがあった。

それが若い僧侶は恐ろしく、震えが止まらなかった。

「殺しはするな。だが脚の一本は壊しておけ、逃げられたら面倒だ」

斧の男は立ち上がり、ゆっくり近づいてくる。

その手にした斧はあまりに巨大だ、とても人間の扱えるものには見えない。

「ひっ！」

僧侶は立ち上がって逃げようとするが、棍棒の男が僧侶の足を払って再び地面に転がした。

「へへ、まぁ今は足だけで勘弁してやるよ」

男は棍棒を振り上げる。僧侶はまだ戦いに慣れていなかった。

彼はこの状況ではもっともやってはいけない行動、すなわち恐ろしさに目を閉じ、無防備になってしまったのだ。

「あ？」

だが振り上げたその手を暗がりから摑む者がいた。

＊　　＊　　＊

「な、なんだてめぇは!?」

俺は摑んだ腕を捻り上げる。

「いでで！　この野郎!!」

地面に落ちた棍棒が音を立てた。

俺は盗賊の身体を突き飛ばした。

「畜生!!!　ぶっ殺してやる!!!」

力任せに殴りかかってきた盗賊の拳をかわしつつ、俺はそいつの顔を思いっきり殴りぬいた。

「ぶぎゃ!?」

盗賊の身体が後方へ吹き飛んだ。

鼻血を出して倒れた盗賊に起き上がってくる気配はない。

「このまま路地を逃げれば安全だ。振り返らず真っ直ぐ進め」

「は、はい!!」

若い僧侶は俺の言葉通り、転がるように走っていった。

入れ替わりに俺は路地から通りへと姿を現す。

「て、てめぇはレッド!!」

「盗賊に名を憶えられるようになるとはなぁ」

「ふざけやがって！　誰のせいで俺達がこんなクソ仕事やってると……！」

盗賊達は剣を抜いて怒鳴る……。

「なるほど」

俺は苦笑しながらつぶやいた。

剣を抜いたまま盗賊達の身体が硬直している。

「隠密が上手すぎると思っていたんだ」

盗賊達は糸が切れた人形のように地面に倒れてしまった。

その背後にいた小さな影。

「それは私の台詞ですよレッドさん」

ティセは盗賊達が気絶しているのを確認しながら、眉毛をハの字にして抗議していた。

シエン司教との話を終えた後、俺は聖堂を出たときに見張っている盗賊3人の気配に気がついた。

ゴドウィンの話もあり、リット達を先に帰らせ俺は隠れて様子をうかがっていたのだが、教会から出てきた若い僧侶を尾行しはじめたものだから、俺もその後から尾行していたのだ。

「そうしたら、俺でも気配を感じる程度しか分からない隠密の達人がいるもんだからずっと警戒してたんだよ」

「私もです。どんな強敵がいるのかとヒヤヒヤしてました」

僧侶を助けるタイミングがギリギリになってしまった理由はそれだ。

俺もティセも、お互いに警戒しあって動けなかったのだ。

「で、あとはあんただけだが」

残る敵は大斧を持つ男１人。

「随分大げさな斧を使うな」

男の持つ斧は、刃が大人の身体ほどもある。とにかく巨大な斧だった。

「俺を前にして呑気におしゃべりとは、田舎冒険者は危機感が足りない」

男は口元に薄ら笑いを浮かべて言った。

「俺の名はブラッドジャック。暗殺者ギルドの暗殺者だ」

「暗殺者ギルドだと？」

名乗りを上げたぞ、暗殺者なのに。

隣のティセを見ると、汚物を見るようなすごく嫌そうな目をしている。

「この斧の名は巨人殺し。最強の巨人種たる太陽の巨人を殺した英雄のものだ」

武器の紹介を始めたぞ、暗殺者なのに。

隣のティセを見ると、どうしようもないという様子で見下している。

「あー、ティセ。あいつ本当に暗殺者ギルドの構成員だと思うか？」

「言うまでもないでしょう。レッドさんは手を出さないでください」

「ん。そりゃ別に構わないが」

男の巨人殺しに比べて、ティセの持つショートソードは60センチほど。

傍目（はため）には頼りなく映るだろう。

だが今のティセから恐ろしいほどの殺気が感じられる。

暗殺者として殺気を隠す訓練を受け続けてきた為か、これから戦う男は気がついていないようだが。

「なんだ小娘、まさか1人で戦うつもりか？」

「はい。あなたが暗殺者ギルドの暗殺者だと言うので、あなたは私の仕事になりました」

「暗殺者ギルドに恨みでもあるのか？　くく、だとしたら素晴らしいことだ。俺はお前のような復讐（ふくしゅう）者を殺すことが好きなんだ」

とにかくあの男の言葉はティセの地雷を踏み抜き続けているらしい。

喋（しゃべ）れば喋るほどティセの殺気が膨れ上がっていく。

いやぁ、俺ならあんなティセが目の前にいたら逃げ出すぞ。

だが男は目の前に迫る死に気が付かず、薄ら笑いのまま懐から取り出したポーションを飲んだ。

「むん!!」

男の筋肉が肥大する。

「パワーオブゴリラ！　俺の身体にはいまゴリラの力が宿った‼」

男は両手で巨人殺しを摑むと、大上段に振りかざした。

なるほど、マジックポーションで身体能力を底上げしてあの巨大な斧を使うのか。

「驚いたか小娘！　俺の巨人殺しはハッタリではないぞ！」

「不要です」

「何⁉」

ティセは振り上げられた巨人殺しを恐れず一気に踏み込んだ。

「馬鹿め！　真っ二つにしてくれる‼」

男は巨人殺しを真っ直ぐ振り下ろした。

地面がえぐれ、轟音が鳴り響く。

だがそこにティセはいない。

「暗殺者にそんな大層な武器は不要です。そのべらべら喋る口も不要です。というか、あなたから暗殺者っぽい部分を探す方が難しいです」

すでにティセは振り下ろされた斧より先、ショートソードの間合いへ届いていた。

「暗殺者の武器とは胸を貫き心臓を穿つ、それだけできれば十分です」

男は薄笑いを浮かべた表情のまま、両膝をついて倒れた。

おそらく自分が死んだことも気が付かなかっただろう。

＊　　＊　　＊

「すみません」

ティセはそう言って俺に謝った。

「謝ることはないよ。相手はティセを殺す気だった」

あの後のことは、若い僧侶が連れてきたシエン司教と教会関係者に任せた。

盗賊達は大怪我はしているが命に別状はない。

だが、あの自称暗殺者だけは別だった。

俺達は道端の階段に座り、2人で並んでおでんを食べている。

ティセが夕方に屋台で詰めてもらったというおでんは、味はしみていて美味しかったがすっかり冷めてちょっと硬くなっていた。

「ギルドの名を出した以上、私は彼を殺すのが仕事です」

俺の隣でティセは言った。

「暗殺者ギルドの掟か」

「他所から思われているほど、暗殺者ギルドのルールは厳しいものではないんですけどね。システム自体は冒険者ギルドと似たようなものですよ、冒険者ギルドと違って完全オファー制ですが仕事を受けるか受けないかの決定権は暗殺者側にありますし」

「やりたくない殺しをしなきゃいけないってことはないのか」

「ええ。仕事を受けても、自分にはできないと思えば他の暗殺者へ仕事を回すこともできます。暗殺に失敗して捕らえられた仲間がいれば救出もします、引退するのも自分のタイミングで決められます」

「アヴァロニア王都の監獄からも脱走されてたっけなぁ」

「『アサシン』の加護の与える役割を変えることはできないけれど、『アサシン』達にも人間らしい人生を。決して暗殺者を使い捨てるようにはしない。それが暗殺者ギルドの存在理由なんです」

うげうげさんがティセに寄り添うように身体を擦り寄せる。

ティセは目を細め、うげうげさんのお腹を優しくなでた。

「ギルドが掲げる『社会を混乱させるような殺しはやらない、暗殺にも仁義と正義が必要』って建前も結局は各国から攻撃されないよう大義名分を掲げているだけです」

「そうなのか？　俺のいたアヴァロニア王国を含めて、各国とも暗殺者ギルドを恐れているが……」

「実はただのイメージ戦略です」

ティセはいつもの微表情で、秘密を明かした少女のように笑った。

「『アサシン』の加護は有利な状況で力を発揮する。なので単純に数で攻められたら勝ち目がありません。滅ぼされないように生きていくにはどうすればいいか。そんなことばかり考えているんですよ私達は」

暗殺者は社会の法とは相反するものだ。

だけどデミス神が加護という形で暗殺者としての役割を与えている以上、加護を宿した人々は暗殺者として生きたいという衝動が与えられる。

加護の衝動は人間の作った法より強力だ。

だから暗殺者達は、お互いを守るために集まりギルドを作った。

ティセはそう話してくれた。

暗殺者ギルドは最大の暗殺者集団で大陸中に勢力を持つが、実はもっと小さな暗殺者集団は他にもある。

アヴァロニア王国であれば、昔、魔王軍の依頼を受けてルーティを襲ったこともある〝蠍(さそり)の兄弟団〟などが確認されている。

これらの組織は暗殺者系の加護を集めるギルドと違って、都合の良い孤児を引き取り洗脳に近い教育と訓練を施し、ときには使い捨ての暗殺者として構成員を使う。

こういった小規模な組織は暗殺という仕事のためのものであり、最大の組織である暗殺者ギルドは暗殺者のためのものなのだ。

「暗殺者ギルドは他の暗殺組織と常に敵対しています。根本的に理念が異なるのです」

「なるほどな」

「そういうわけですので、暗殺者ギルドの名を騙る暗殺者は必ず殺すことが定められています。暗殺者ギルドの評判を下げますので。そして……ギルドを抜け、ギルドを通さない仕事をするようになった、はぐれアサシンも許されません」

「はぐれアサシンとギルドの対立の噂は俺も耳にしたことがある」

「暗殺の仕事をしなければ抜けてもいいんですよ。暗殺をするかどうかは本人の自由意志というのがギルドの方針ですし。ただ、勝手な仕事は駄目なんです」

「そりゃそうだろうな」

暗殺の仕事に大義名分を与え、暗殺者の存在を許されることを目的とするギルドにとっては、元ギルド員が自分勝手に暗殺をすることなどあってはならないことだろう。

「……ティセ、何か気になるものでも見つけたのか？」

ティセの様子を見て、俺はそう問いかけた。

俺に言うべきか少し悩んだ様子だったが……。

うげうげさんに肩を叩かれ、ティセはふぅと息を吐いた。

「うげうげさん……そうですね分かりました、私の問題ではあるのですが」

ティセはそう前置きして話を続ける。

「本物の暗殺者。ギルドから逃げ出したはぐれアサシンがゾルタンに潜伏している形跡がありました」

「本物の暗殺者か」

「はい、今はルーティ様の友達として暮らしている私ですが、こればかりは暗殺者ギルドの1人として解決しなくてはならない問題なんです」

「そいつらかどうか分からないけど、俺も『アサシン』の加護持ちを3人見たな」

「レッドさんが『アサシン』を!? 詳しく聞かせてもらえますか?」

「ちらっと見かけただけなんだが……」

俺は港区で見た暗殺者のことをティセに伝えた。

「間違いありません。その3人の男がはぐれアサシンです」

俺から話を聞いただけでティセはそう断定する。

加護レベルと容姿について話しただけなのだが、ティセは確信しているようだった。

その言葉を聞き、俺は思ったことを口に出した。

「そのはぐれアサシンと知り合いなのか?」

ティセは表情を変えないが、うげうげさんはティセの感情を少しでも分かち合おうとするかのようにピタリと寄り添っていた。

優しい蜘蛛(くも)だ。

「分かりやすく言うと兄弟子という立ち位置でしょうか」

ティセは言った。

「同じマスターの下で学んだ人達です。親しくはありませんでしたが同じ鍋からシチューを飲んだ仲です」

「仲間というわけか」

「冒険者と違ってそこまでの関係では。同じ暗殺者ギルドの仲間という意味ではそうでしたが、それも彼らがギルドを通さない殺しをやっていると発覚したときに消えました」

「話を聞く限り、ギルドは暗殺者として良好な環境に思えるんだが、なんでギルドを抜けたんだ？」

「誰彼構わず殺す方が性に合っていたようですね。ギルドはかなりの数の暗殺依頼を断ってますから」

暗殺者ギルドの暗殺者は忙しくない。

加護の衝動を満足させるくらいの仕事ができるように調整しているようだが……衝動とは苦しさだけではなく喜びも与える。

より多くの殺しを望む暗殺者は不満を感じるのだろう。

「そういうわけで、そのはぐれアサシン達は私が殺さなくてはならないんです」

「……俺が斬ろうか？」

俺は少し考えた後、そう言った。

「え？」

ティセは驚いて表情が固まる。

「いけませんよ。レッドさんはスローライフしてるわけですし、殺しの仕事なんて対極にあるものでしょう」

「だけど知り合いを斬るなんてやりたくないだろう。俺のスローライフは別に不殺主義に目覚めたってわけじゃない。望まない戦いをしないってだけだ」

「……お気遣いありがとうございます。なんというか、本当にルーティ様のお兄さんですね。でも私なら大丈夫です。兄弟子と言っても、修行と称して理不尽なしごきを受けた恨みはあっても、親しみは本当にありませんから」

ティセはそう言って肩をすくめた。どうやら本当に思うところはないようだ。

スイッチが入れば殺すことに躊躇も憐憫もない。

ティセは暗殺者なのだ。

「あいつらは私が暗殺するべき相手なんです」

ティセはそれで話はお終いというかのように立ち上がった。

「では帰りますか。私達には帰りを待っている人がいます」

「そうだな……いや」

俺はふと思いついて声を上げた。

「どうしました？」

「やっぱり温かいおでんが食べたくなった。帰る前にオパララの屋台に寄っていこうぜ」

「いいですね」

俺達は月明かりに照らされた夜道を並んで歩いていった。

＊　＊　＊

3時間後。ゾルタン中央区南側の通り。

レッドと別れた後、おでんの入った袋を下げて、ティセが1人、夜道をテクテクと歩いていた。

うげうげさんは、ティセの腕に摑(つか)まり買い物袋の中を覗(のぞ)き込んでいる。

中にはルーティに渡すお土産の、鶏団子(とりだんご)、大根、牛すじ、玉子。

ちくわが無いのは魚の値段が上がっているせいだ。魚のすり身を原料とするちくわも、値段が上がりオパララのような小さなおでん屋では対応できなくなっているのだった。

鶏団子などひき肉系を増やして対応しようとしているようだったが、やはり味の違いは大きい。

「ふぅ、ヴェロニア王国め、なんて邪悪な……！」

おでんの具はちくわこそ最高という固い信条を持つティセにとって、ヴェロニアの軍船は許されざる存在へと変わっていた。

ここ数日ティセが行った調査の方はもう詰めに入っているところだ。

情報が入りにくい辺境ゾルタンとはいえ、冬至祭の時にいたヴェロニア人の船乗りなど、外から交易品を運んでくる者はいる。

それにティセ自身、もう数ヶ月前とはいえ暗殺者ギルドから得ていた情報もある。

（三王国の海を荒らし回った海賊王も、今や死の淵(ふち)か）

もちろん、ヴェロニア王であるゲイゼリク王が、この微妙な時世に床に伏しているなどという弱みを見せることはない。重要な式典には参加して顔を見せているし、国政にも影響を与えないよう最大限の注意を払っているようだ。

だが、いくら隠しても、死に逝こうとする者の運命を変えることは出来ない。暗殺者として様々な死に立ち会ってきたティセは、集められた情報からゲイゼリク王の死の匂いを敏感に感じ取っていた。

（そろそろか）

ルーティとティセが住んでいる屋敷まであと数百メートルほど。人通りの少ない路地へと入ったティセは、左手におでんの袋を下げたまま、隠し持つショートソードをすらりと抜いた。

「バレていたか」

背後の影から現れたのは長い耳をした男。

サリウス王子の背後にいたハイエルフの1人だ。

戦いを前にしていきり立つハイエルフとは対照的に、ティセはさっき戦ってきたばかりなのにと、ただただ心の中で文句を言っていた。

残念ながらティセの表情は、ティセの気持ちを伝えるのに微表情過ぎたが。

「やはり只者(ただもの)ではないようだ」

ハイエルフの右手には三叉(みつまた)の槍(やり)トライデントが握られている。それに左手には折り畳まれたネット。

（あれなら私にも分かる、『グラディエーター』の加護持ちね）

ティセは相手の加護に当たりをつけた。あの特徴的な武器の組み合わせを得意とする加護は極めて少ない。

『グラディエーター』は大衆の前で戦う競技戦闘を得意とする加護だ。もちろん、大衆がいなくても、戦闘スキルの大半は機能する。

ハイエルフは整った口元を歪(ゆが)めて笑った。

「強いな。だが俺は戦いに来たのではないぞ」

「用件はなんでしょう」

「お前の仲間は預かった。無事に返して欲しければ我らの船までご同行願おうか」

「………」

ハイエルフの言葉を聞き、ティセは考え込んでいた。

(仲間というとルーティ様のことだけどルーティ様を捕まえるなんて人類には不可能よね。となるとレッドさんとリットさんだけど、あちらもどんなに低く見積もってもヴェロニアの軍艦10隻くらい持ってこないと捕まりそうにないし……あとは……屋敷に住み着いている野良猫くらいしか思い当たらないなぁ。もしかしたらはぐれアサシンの3人のこと⁉ いやないか)

肩に登ったうげうげさんと首を傾げ合ってティセは困惑する。

「驚いているようだな。だが、俺の加護には相手の加護レベルが自分より高いか低いかを察知するスキル〝強敵洞察〟がある。お前は加護レベル39である俺よりも強い。ヴェロニアでも俺より強いやつは右手で数える程度しかいないのだが、こんな辺境にお前のような英雄がいるとは驚きだ」

レベル39、なかなか高いとティセは思った。そのレベルなら暗殺者ギルドでもよっぽどの精鋭、騎士なら団長クラスだろう。ヴェロニア王国屈指の戦士という自称はハッタリではない。

まぁティセの相手にはならないが。

「だから俺には分かったのさ。お前の仲間の鎧を着た女。あいつがまったくもって弱いってことが」

「？」

「とぼけても無駄だ。あいつのレベルは俺より低かった。そして俺の隣にいた相棒の加護は『奴隷狩り』。自分より弱い相手に有利になるスキルを持っている。あいつの加護レベルは俺と同じだからな。お前の仲間には万に一つも勝ち目はない」

「？？？」

「まだシラを切るか。だがお前の無表情を取り繕っているその顔の裏に不安が渦巻いているることが手に取るように分かるぞ」

（無表情なのは訓練したからで、裏に渦巻いているのは疑問だけなのに）

ティセはますます困惑している。

ルーティのレベルはティセよりも高い。多分、今や人類の中でももっとも加護レベルが高いのではないだろうか？

そのルーティのレベルを、『グラディエーター』の〝強敵洞察〟が低く察知したのはどういうわけだろうか？

（もしかして『シン』のレベルを察知したのかな？）

ティセもリットも、そしてもちろんレッドも、他人の加護を察知したりするスキルはない。レッドが相手の加護を言い当てるのは、純然たる知識によるものだ。

だから、加護を察知するスキルをルーティに使った場合、どのような情報として伝えられるのか分かっていなかった。

（レベルの高い『勇者』よりも『シン』が優先されたのね。まさかゾルタンに〝鑑定〟が使える『賢者』や『聖者』が来るとは思えないけど、『異端審問官』や『魔女狩り』のような、一部のスキルやレベルを明らかにするスキルを持つ加護はある。そういう人とルーティ様が出会った時、『シン』の存在の異常性に気が付かれたら大変だ）

うげうげさんも、深刻な様子で飛び跳ねている。

これはルーティに伝えておかなければ。

「おい、お前さっきから何をボーッとしているのだ。本当にお前俺よりレベル高いのか？」

失敬な人だとティセは内心憤慨しているが、表情には表れないため、目の前のハイエルフはますますティセのことを見下しているようだった。

「まぁいい。もうじきお前の仲間を連れて相棒がやってくるはずだ。それまで大人しくしてるんだな」

「そうでした」

そういえばこっちも大変だったと、ようやくティセは意識を向けた。他人事感はあるが、それでも今から自殺しようとしている人を止めるくらいはしておいた方がいい気がする。

「あなたの相棒に今すぐ戻ってくるよう伝えた方がいいですよ」

「脅しか？　だが俺を倒したところで相棒のやることは変わらない。お前の仲間は捕らえられ、お前が従わない限り酷い拷問を受けることになる。ヴェロニア海軍の拷問は恐ろしいぞ？　どんな屈強な男でも子供のように泣きじゃくり、早く殺してくれと懇願するようになる」

「いえそういうことではなくて」

「それに俺の加護は『グラディエーター』。1vs1、こうしてお互いの姿を認識し合う状況でこそ力を発揮する。お前の身のこなしからして、おそらくは盗賊系の加護だろう。果たしてその余裕面をいつまで続けていられるかな」

ニヤッとハイエルフは笑っているが、ティセは「ルーティ様も丸くなったし、まさか問答無用で殺しはしないと思うけど……」とぶつぶつ呟いて考え込んでいる。

どうも自分の言葉への反応が鈍いティセに対し、ハイエルフは段々と苛立ちを募らせていた。

「なんだお前は、『悪霊憑き』や『デュアルマインド』のような話の通じない加護持ちなのか？」

ハイエルフは舌打ちし、腰を低くして構える。

戦わないつもりだったが、会話の通じない加護持ちだったら急に襲いかかってくる可能性もあり、人質が意味をなさないかもしれない。

ハイエルフはネットを持つ腕に力をこめ、いまだ戦意を見せないティセに対しいつでも動けるように……。

「ふげっ!?!?」

その時、空から何かが猛烈な勢いで突っ込んできてトライデントを構えたハイエルフを押しつぶした。

「え？」

さすがのティセも呆気（あっけ）にとられ思考が止まる。

目の前には2人のハイエルフが、いろいろ見ちゃいられない姿になってしまっていた。

2人とも高レベルの加護持ちだから生きているが、普通なら死んでいるだろう。

「まさか」

恐る恐るティセは背後を振り返る。

まだ数百メートルの距離があるルーティの住んでいる屋敷。

（投げたの!?　あそこから!?!?）

ティセの理性も本能も、巨人じゃあるまいし、人間にそんなことできるわけがないと否定したくなるが……。

（そういえば巨人をぶん投げたりしてたっけ）

　無数の山の巨人達に襲われた時、面倒くさくなったのかルーティは剣を収めると、襲ってくる山の巨人を次から次につかみ、崖の下へと放り投げていた事をティセは思い出した。

　最後には逃げ回る山の巨人達とルーティによる命がけの鬼ごっこのようなありさまで、その光景は、まだ仲間になったばかりだった頃のティセの脳裏に深く焼き付いたものだった。

　山の巨人のパワーと重さに打ち勝てるくらいなんだから、人間を数百メートル先へ投げ飛ばすくらい簡単なのかもしれない。

（しかも狙って）

　ピクピクと痙攣（けいれん）しているハイエルフ達をみて、ティセの無表情な顔にも乾いた笑いが漏れた。

（やはりとんでもない人だ）

＊　＊　＊

　翌日。

「それで、その２人はどうしたんだ？」

ティセから話を聞いた俺は、朝食のサラダパスタを皿に盛り付けながら尋ねた。

「ルーティ様が治療した後、縛って屋敷の使ってない部屋に放り込みました」

「おでんが冷めていた」

変なところでルーティは怒っていた。眉を僅かに動かし、胸の前でぎゅっと拳を握りしめ、ルーティなりに精一杯すごく悪いやつだったと俺に伝えようとしている。

悪いのレベルが長話しておでんを冷めさせたというあたりが、ティセの言う「ルーティ様の世界は常人からずれている」という部分だろう。

まぁそれも個性だ。むしろそこが可愛いくらいある！

「えー」

俺の表情を見て何を考えているのか察したのか、ティセが口を横に伸ばして微妙な表情をしていた。

*　*　*

昼過ぎ。

俺とリット、ルーティとティセとうげうげさん、そしてシエン司教は城門へと来ていた。

俺とリットはお店のことだけだったが、ルーティとティセ、それにシエン司教もゾルタンを走り回っていた。

昨晩のチンピラ達は、抵抗派の中心人物であるシエン司教を脅すことが目的だった。

主犯は盗賊ギルドの幹部の１人だ。すべてを失ったビッグホークの残党に声をかけ扇動したのだろう。

盗賊ギルドにも対処を要請したが、聖職者達も自衛のために単独行動や夜出歩くことを自粛させた。見回りの強化を衛兵にも要請したいところだったが、衛兵も人手が足りずそちらは期待できない。

町の治安維持は冒険者ギルドの冒険者に要請することになるだろう。

リリンララの送り込んできたハイエルフ達はモーエンが衛兵隊の牢(ろう)で捕らえている。こちらはまだゾルタン上層部には報告を控えている状況だ。

彼らをどうするかは、ひとまずリリンララ達の動きを見てからということになる。

商人ギルドへの対応も問題となっている。

今回の事件でまっさきに被害を受けているのは商人ギルドだ。

「本当にお疲れ様」

「頑張った。もっと撫(な)でて」

ルーティは目を細めて俺に頭を撫でることを催促する。

旅をしていた頃はこういう対応は俺の担当だったが、朝からルーティはこれらの問題の対処を次々にこなしていった。

妹の成長を見るのは嬉しくもあり寂しくもある。これがお兄ちゃんの宿命なのか。

「お兄ちゃんと一緒に行けないのは悲しいけど……ゾルタンのことは任せて」

ここ数日の間に、ルーティの存在はゾルタンで大きなものになっていた。

これまでマイペースなルーティよりも、同じ無表情でも対応自体は分かりやすいティセの方をゾルタンのお偉方は頼りにしていたようだが今回のことでその認識は覆った。

混乱するゾルタンの人々をまとめ上げ、自分で動くことも人を使うことも完璧に対応し、問題が起こればすぐに解決する。

「全部お兄ちゃんに教わったこと」

ルーティはふふんと得意気につぶやいた。

そう言われると、お兄ちゃんとしてはやはり嬉しい。

勇者の旅はルーティにとって辛いことも多かっただろうけど、一緒にいた時間は無意味なものではなかったのだ。

俺が騎士として学んだ様々な知識を吸収し、自分の技能へと昇華した俺の妹は完璧だ……コミュニケーション能力を除けば……まぁ誰だって苦手なことくらいある。

とにかく、すでに上層部から信頼されていて指示を聞いてもらえる状況ならルーティに隙はない。

そんなわけで、ルーティはガラティンやモーエン以上にゾルタンでやることが大量にできてしまい、今回はゾルタンに残ることになったのだった。

「すみません、ルーティ様に面倒事を押し付けるような形になってしまって」

ティセは申し訳無さそうにしている。

ルーティはそんなティセに微笑むと、首を横に振った。

「ミストームさんとは私よりあなたの方が仲がいい。どちらか残らないといけないというのなら、私が残るべき」

「ルーティ様……」

コミュニケーションは苦手だと言ったが撤回しよう。

ティセとの友情は、ルーティを少しずつ良い方向に変えている。

俺はそれがとても嬉しかった。

「さて、そろそろ出発しますか」

走竜(ライディングドレイク)の調子を見ていたシエン司教が言った。

教会が所有している4体の走竜はよく手入れをされていて褐色の鱗(うろこ)も艶(つや)がある。

「ギャウ」

走竜がコツンと俺の頭を角で小突いた。

俺の走竜はどこか不安げだ。繊細なのだろうか？

俺は安心させるように顎のあたりを撫でながら、あぶみに足を置くと走竜にまたがった。

「ギャウウ！」

不安も、これから思う存分走れるかもという期待で消えてしまったようだ。

走竜は嬉しそうに吠えた。

＊　＊　＊

今日の空はあいにくの曇り空。

冬の寒さで草原の植物達も色あせてしまっている。

「ギュルル……」

「そんな不満そうな顔するなよ」

走竜達は走ること無くのんびりと歩かされている。

広い草原を前にして走れないことが不満なようで、走竜は身体を揺すったり、鼻を鳴らして抗議してくる。

俺はなだめるように角の付け根のあたりを撫でる。

「ギャウゥ」

走竜は機嫌を持ち直してくれたようだ。

「ミストームとヤランドララさんが滞在している場所は、ゾルタンの民も知らない隠れ里ですので。あまり急いで目立ちたくはないのです」

走竜の様子を苦笑しながら見ていたシエン司教がそう言った。

「それでもゾルタンから歩いても半日かからないんだろ？」

「ええ、この調子ならあと1時間ほどで到着するはずです」

整備されてない草原を進むから人間の足だと時間がかかりそうだが、走竜だとさすがに力強い。ぬかるんだ地面など物ともせずに進んでいる。

「リット、尾行している気配はないか？」

俺が声をかけると、リットの耳……人間の耳ではなく頭からぴょこんと飛び出た狼の耳が動いた。クンクンと鼻を鳴らすとリットは頷いた。

「うん、大丈夫！　私達以外には誰もいない」

リットが使っている魔法の名は〝アスペクトオブウルフ〟。

この魔法は狼の様相を得て、狼の持つ鋭い知覚能力を得ることができる。

アスペクトの魔法は、変身系と呼ばれるカテゴリーの魔法に属する。対象の様相を身にまとい、その能力の一部を得るという魔法だ。

変身系の魔法には、パワー、アスペクト、フォーム、シェイプの4種類が存在する。

パワーは、変身対象の身体能力の一部を得る魔法で、術者の姿は全く変わらない。身体能力などが純粋に強化される魔法だ。〝パワーオブウルフ〟なら狼の筋力や瞬発力を自分の能力に上乗せする。

それに対して、アスペクト以上の魔法は自分の姿形を変身対象に変化させる。

〝フォームオブウルフ〟なら、二足歩行できる狼といった人間と狼の中間のような姿に。

〝シェイプオブウルフ〟なら完全に狼の姿に変わる。

では〝アスペクトオブウルフ〟はどうなるかというと……。

「ふふん♪」

俺達の前を走竜にまたがって進むリットのスカートから、狼の尻尾が飛び出してゆっくりと揺れている。頭にはふさふさとした狼の耳。

アスペクトの魔法だとこんな感じに、変身する対象の一部が現れるのだ。

なんというか……可愛い。意味もなく頭をなでたくなる。

「？」

俺の視線に気がついたのかリットが振り返った。さすがは狼の感覚だ。俺は何でも無いと手を振って、ちょっと恥ずかしくなってリットから視線を外す。

「ねぇレッド」

「ん、どうした？」

リットが走竜の速度を落として近づいてくる。

「えい」

そして走竜の上で器用に立ち上がると、魔法で生えた狼の尻尾で俺の頬をペシリと叩いた。

「もふもふだ」

「でしょう？」

リットは狼の耳を揺らして笑った。

「私も自分でびっくりしたの、狼は初めてだったから。アスペクトはカワウソとコウモリ、あと1回だけヘラジカなら使ったことあったんだけど」

丸い耳と細長い尻尾のカワウソリット、小悪魔のような趣のコウモリリット、どちらもぜひ見てみたい。

そして……。

「……ヘラジカ？」

「寒さに強くて雪山を歩いても疲れない、ロガーヴィアの気候にあったアスペクトだよ」

全身モフモフになったリットを想像してしまったが、アスペクトではそこまで変化しないだろう。

「アスペクトオブエルクでヘラジカの様相になるのは、その、足がすごく筋肉質になるから……見せたくない」

断られてしまった。でもこれはいい魔法だ。平和になったら色々試そう。

＊　＊　＊

ゾルタンからおよそ30キロほど。

湿原の中にあるその森は、泥の上に根を張った捻れた細い木が無数に生えうっそうとしていてゾルタンでは珍しいくらい暗い森だった。

「人が住むにはあまり心地よくなさそうだな」

乗っている走竜が膝まで浸かった足を泥から引き抜いたのを見て、俺は思わず呟いた。

「私もそう思います」

シエン司教が答える。その言葉には心苦しそうな響きがあった。

この森にはミストームさんとヤランドララが隠れている隠れ里がある。

隠れ里というからには、複数の人間が住んでいるのだろう。

「おっと」

不意に木の上からボトリと落ちてきたレッサースライムを、俺は剣で斬り払う。

レッサースライムに知性はないから、不意打ちを狙ったわけではなくたまたま木の上にいたのが、下にいた獲物を見つけて落ちてきただけだと思うが……。

「いや、上にいるね」

リットが狼の耳を動かして言った。次の瞬間、レッサースライムが次々に降り注ぐ。

シエン司教が印を組んだ。

「破邪顕正（はじゃけんしょう）の風刃！　カッタートルネード！」

俺達の頭上に激しい風が巻き起こった。

レッサースライム達は風に引き裂かれ、すべて破壊された。

「ヤバイ、ヤバイ」

木の上から囁（ささや）き声が聞こえ、カエル人間のようなモンスター達が慌てて逃げていく。

あれはグリッパという名のモンスターだ。

手のひらから出す粘液で木登りを得意とする比較的知能の高いモンスターで、人間の作った武器を拾って使うことで知られている。

どうやらあいつらがレッサースライムを投げ落としてきたようだ。

レッサースライムで怯（ひる）ませ、俺達を襲うつもりだったのだろう。

「追わなくていいのか？」

俺はシエン司教に尋ねた。

「ええ、今回はモンスター討伐が目的ではありませんので」

なるほど。

「あれもこの森から人を遠ざけるためになると」

シエン司教は曖昧な笑みを浮かべた。

「聖職者としては人に危害を加えるモンスターを黙認しているなどと言うわけには……」

「分かった、変なこと聞いて悪かった」

この先にある隠れ里は誰からも知られたくないのだろう。

他所から逃げてきた者達の集まるゾルタン。

移住者の過去は詮索しないというのが暗黙の了解になっているが、そのゾルタンからも隠さないといけない隠れ里。あと5分も歩けば秘密へとたどり着く。

*　　*　　*

木の根元に、1人の老人が腰掛けていた。

「おんや……こんなところに迷子かい？」

熊の毛皮を着た猟師風のお爺さんだ。手には杖、傍らには弓、腰には鹿の角を削って作った山刀。その身体には金属を一切帯びていない。

「ゴメスさん、元気そうで良かった。私です、シエンです」

「おお、シエンさんか。よう来てくれた」

ゴメスという名の老人はシワだらけの顔をくしゃくしゃにして笑う。

分厚くなったまぶたで目はほとんど開かれていないが、隙間から見える瞳は白い濁りがあった。重度の白内障だろう、普通なら弓など到底扱えそうにないが。

「シエンさん、少しやつれたようだがちゃんと食べてるのかい？」

「はは、どうもここ最近立て込んでいて疎かになっていましたね」

「そりゃいけない。飯はちゃんと食べないと。何事も腹いっぱい食えればなんとかなるもんさ。おや、走竜は新しいのに変えたのかい？」

「あはは、実は走竜の世話は人に任せっきりで」

「そいつはいけないな」

ゴメスはそう言った。

「レッド、あれ」

「『嵐のドルイド』の加護持ちだな」

それもレベル30近い。王都の騎士にも匹敵する高レベルだ。

目が見えなくともゴメスは、精霊のささやきを通してものが視えるのだ。

「しかし客を連れてくるとは珍しい」

「ヤランドララさんの友人達です。彼女を心配して来てくれました」

「どれ、ふむ、変わった色が見えるね。大したもんだ」

「レッドと言います。こっちはパートナーのリット、友人のティセです」

「それと小さな蜘蛛」

ゴメスの言葉にティセは少し嬉しそうに微笑んだ。

ティセの鞄から顔を出したうげうげさんが右前脚を上げて挨拶する。

「うげうげさんと言います」

「うげうげ、さん？」

「さんまでが名前です」

「そりゃ変わった名前だねぇ。だが耳心地がいい響きだ。うん、良い名だ」

ゴメスはニコニコと笑いながら立ち上がる。

「どれ、村へ案内しよう」

「よろしくお願いします」

ゴメスは杖を突きながらゆっくりと前を歩いていく。

俺達は走竜から降りると、ブーツを泥で汚しながらゴメスの後についていった。

＊　＊　＊

森の中、木々の間に潜むように小屋の並ぶ集落があった。

前の旅で見たズーグの集落とは違い、あくまで人間が住むための集落で、小屋の作りも木の柱と土壁を使ったこのような小さな集落の家としては一般的なものだ。

「やあシエンさん、久しぶりだねぇ」

「客人かい？　後で外の話を聞かせて欲しいね」

「婆さん、飯はまだかのう」

集落の人々はシエン司教に親しげに話しかけ、客である俺達に興味を示していた。

「お爺ちゃんとお婆ちゃんしかいませんね」

ティセが小声でつぶやいた。

集落の家にはしばらく使われてなさそうなものもある。

この集落は新しい人を呼び込むということをしていないのだろう。

「それに全員かなり加護レベルが高いな」

「分かるんですか？」

「大体レベル20前半くらい。Bランク冒険者下位相当だ。今は老いて力を発揮することはできないだろうけど……これだけの精鋭がゾルタンにいたら歴史が変わっていたかもな」

でもそうはならなかった。

ゾルタンでなら彼らはアルベールのような英雄にだってなれただろう。

だけど、彼らはここで誰からも隠れてひっそりと暮らしていた。

集落の奥にある少し大きめの家。

他の家がこの湿原の上に育つ細い木を使った小屋なのに対して、この家だけはしっかりとした木材を使った立派な家だ。

地面も砂と石を敷いて魔法で固めたようで、泥の上に建ってかなりの年月が経過しているだろうに傾いている様子はない。

「お嬢！」

ゴメスが声を張り上げた。お嬢？

「はいはい、全く！　私の若い友人の前でなんて呼び方するんだい！」

玄関の扉が開くと、中からミストームさんが出てくる。

そして。

「なんで追いかけてくるかなー」

困った顔をした、でも嬉しそうに笑っているヤランドラがいた。

＊　＊　＊

「で、言い訳は？」

「あら、言い訳するのはそっちでしょ」

俺に問い詰められると、プイッとヤランドララはそっぽを向いた。

「あなた達はもう戦いから遠ざかったんだから、ヤランドララお姉ちゃんに任せておけばいいの」

「ヤランドララお姉ちゃんって」

その言い方は久しぶりだ。

俺が王都に来たばかりの少年だった頃からヤランドララとは友達だったのだが、俺がヤランドララが困っている危険な問題を手伝おうとすると、いつもああ言って追い払おうとした。懐かしい思い出だ。

俺がヤランドララと出会ったのが騎士団に入ったばかりの頃、9歳の時。

まだ子供で王都で知り合いもいなかった俺にとって、ヤランドララは気兼ねなく話せる数少ない相手だった。

まぁ要するに、あの頃の俺にとって、ヤランドララは歳の離れた姉のような存在でもあった……と言えば大体あっているだろう。

しかしまぁ、たしかにヤランドララは半分は頼れる姉のような存在なのだが、半分は目を離すと1人でとんでもない事件に首を突っ込んでいる手のかかる姉だ。

「なにか失礼なことを考えている気がする」

ヤランドララにジトーッと睨(にら)まれた。

「はぁ……まぁいいわ。分かった、連絡くらいするべきだったよね」

「当然だ。ヤランドララ1人で何とかできそうなら応援するだけにしたし、大変そうなら力を貸す。ヤランドララだって逆のことやられたら滅茶苦茶(めちゃくちゃ)怒るくせに」

「ま、まぁね、うん怒る。でもリットもそれでいいの？」

「私？」

急に会話をふられてリットは意表を突かれた様子だ。

だがすぐに言い返す。

「怒るよ」

リットはちょっと怖い顔をしている。

リットにとってもヤランドララは大切な友達で、友達が相談もせずいなくなって怒っているのは俺と一緒だ。

「ごめん」

ヤランドララはリットの言葉を聞いて、ようやく自分の間違いを認めてくれたようだった。

「まぁそうヤランドララを叱らないでやっておくれ。悪いのは狙われた私なんだから」

お茶を持ってきたミストームさんが俺とリットから責められているヤランドララを庇(かば)って言った。

「では、詳しい話を聞かせてもらっていいでしょうか？」

ミストームさんが席に座ったのを見て、ティセはそう言った。

＊　＊　＊

「ミストームさんをあと一歩まで追い詰め、ヤランドララから負傷者を連れたまま逃げおおせるほどの相手か」

ヤランドララとミストームさんが話してくれた経緯は次の通りだった。

冬至祭の夜、ヤランドララはミストームさんを捜していた。

理由は２つ。

１つはミストームさんが〝デモンズフレア〟の魔法を使ったこと。

これは魔王軍の上級デーモンが使う魔法で、魔力をすべて炎に変えて解き放つ恐るべき魔法だ。１人の魔法使いが放つただ一度の魔法で、万の軍が激突する戦場の状況に決定的な効果を与える魔法。

戦場で魔王軍に発動されたときは、こちらの軍は壊滅し俺達も大怪我をして全滅寸前まで追い込まれた。

あの魔法をミストームさんがなぜ使えるのか。

旅をしていた頃の俺なら調べたのだろうが、今の俺は不自然に思うことがあっても必要以上に詮索したりはしない。

だが、ヤランドララは俺達のようにスローライフを目指しているわけではなく今も英雄だ。ミストームさんに何かあると思って調べていたようだ。

そうして警戒していたためか、ヤランドララは誰よりも早く、はぐれアサシン達がミストームさんを狙っていることに気がついた。

凄腕の暗殺者といえども、植物と会話し操る『木の歌い手』の警戒をくぐり抜けることは、事前に知らされていなければ不可能だ。

それが2つ目。

冬至祭のあの日ヤランドララは俺達と祭りを楽しみながら、同時に植物を使ってミストームさんの周囲を警戒しており、ミストームさんの危機に駆けつけられたのだ。

「だけど、相手が思った以上に手強くて」

ヤランドララは顔をしかめた。

「ミストームなら大抵の相手は返り討ちにできると思っていたから、追い詰められていて焦ったわ。それに私の魔法からも抜け出せるとは予想していなかった」

「あの時点ではサリウス王子の軍船も到着していなかったしな。辺境ゾルタンの問題ではなく、大国ヴェロニア王国の問題だと分かっていれば、高レベルの加護持ちが出てくることも想定できたのかもしれないが……あとは真っ先に俺に相談するとか」

「むぐ」

ヤランドララは痛いところを突かれた表情になった。

「俺なら加護レベルの高さに気がつけたし、2人で戦えば暗殺者を取り逃がすこともなかっただろう」

「それは……」

「大体、1人だとミストームさんの護衛で動けなくて、問題を解決することができないだろう。ここに隠れている間も困ってたんじゃないのか？」

「……うん。実際のところ、次の手をどうするか悩んでたの」

いくらヤランドララが魔王軍と渡り合える大英雄であっても、ヤランドララの身体は1つしかない。

「だから今度から相談だけでいいからしてくれ。何もヤランドララ1人で解決できることに口を出したりしないから。ヤランドララが俺達のスローライフを大切に思ってくれるのは嬉しいけれど、そのせいでヤランドララが危険な目に遭うのは嫌だ」

「わがままなスローライフね」

「スローライフはわがままなもんなんだよ」

俺達は笑いあった。

次の瞬間。

「レッド」

背後から俺の身体をリットの腕が拘束する。

「ど、どうした？」

「2人で戦えばってどういうこと？」

「え、あ……」

「自分はあんなこと言っておいて、私は数に入れないつもり？」

ぎゅっとリットの腕に力が入った。

今はリットの体温を感じて幸せだが、あと少し力を入れられたらヤバイくらい痛くなる絶妙なラインだ。

「ごめんなさい、失言でした」

「よろしい」

確かに今のは俺の失言だった。俺達の様子を見てミストームさんが笑った。

「良いパーティーね」

「ははっ、年寄りには少々眩しすぎますね」

ミストームさんとシエン司教がそう言い合っていた。

現役時代の自分達を思い出しているのかも知れない。

……良いパーティーか。

俺はパーティーを追い出され、そして一度は崩壊した。だが確かに今の俺達は良いパーティーなのだろう。気がつけば、俺も気持ちよく笑っていた。

和やかな雰囲気だったその時、外で大きな音と騒ぐ人の声が聞こえた。

「何でしょうか？　ちょっと見てきます」

シエン司教が立ち上がり外へと向かった。

「俺も行ってくる」

「レッドも行くなら私も」

俺とリットも立ち上がった。

「ティセとヤランドララはこちらを頼む」

「分かりました」

何か漠然とした不安を感じる。

俺は腰の剣の柄に触れた。

＊　　＊　　＊

外に出た俺とリットが見たのは、２体の走竜が暴れている光景だった。

村の老人達がなんとか落ち着かせようとしているが、興奮した様子の走竜は収まる様子を見せない。

「どうしたというのですか！」

走竜は教会の持ち物だ。

シエン司教は、教会でしっかりと調教されているはずの走竜の異常に慌てた様子で駆け寄っているところだ。

「……っ！　だめだシエン司教！　離れろ!!」

俺は叫んだ。

走竜の赤い瞳に邪悪な知性と悪意を感じたのだ。

「そいつらは走竜じゃない!!」

走竜が宙を舞い、足の爪でシエン司教へ襲いかかる。

だがシエン司教もミストームさんと同様に老いたとはいえゾルタンを守り続けてきた英雄だ。左腕で急所を庇い、右手で素早く印を組む。

「くっ、何者だ！　カッタートルネード！」

暴風の魔法が悪意を瞳にたたえた2体の走竜を巻き込んだ。

左腕に爪を立てられながら、痛みで精神集中を切らさず魔法を唱えるのは至難の業だ。

さすがはゾルタンの英雄。だが……。

「何っ⁉」

シエン司教が叫んだ。

半竜半人の姿に変わりながら走竜だったものが、風の魔法を切り裂きシエン司教の眼前へと迫っていた。魔法が通じていない！

あの2体はシエン司教より格上の敵だ。

「させない‼」

「ちっ⁉」

リットがスローイングナイフを投げた。

不意打ちではなく声を上げて投げたこともあり、2体の怪人は爪でたやすくスローイングナイフを打ち落とす。だが、そのためにシエン司教への攻撃が一瞬遅れた。

十分だ！

「はぁぁッ‼」

俺は〝雷光の如き脚〟で一気に間合いを詰め、驚く怪人の脇腹に一太刀浴びせる。

走竜の鱗(うろこ)を持つ怪人の身体は頑丈で、俺の銅の剣は刃が通らず鱗が砕ける嫌な音を立てた。地面を蹴(け)ると、怪人はヒラリと軽やかに後方へと跳び間合いを取る。

怪人の姿が歪(ゆが)み、人間の姿へと戻った。

変身とともに身体に溶け込んでいた服や剣もあらわれる。

俺が港区で見たはぐれアサシンのうちの2人だ。

「やられたな。まさか〝シェイプオブライディングドレイク〟で走竜に化けていたとは。見抜けなかったのは俺の落ち度だ」

「気にすることはない。我らは己の心を殺し、獣の心に身を任せる技術を身に付けている。『賢者』の〝鑑定〟でもなければ見抜くことはできん」

ティセの兄弟子だと言っていたが、スタイルは異なるようだ。

ティセが隠密(おんみつ)と剣を使う正統派なのに対し、彼らは『アサシン』のスキルの中でも、魔法に近い効果を持つスキルを使って戦うタイプなのだろう。

はぐれアサシン達はショートソードを抜いた。

構えはティセによく似ている。戦いの基礎はやはり同門か。

だったら剣のスタイルも予測できるか？

俺は右手に持った剣をゆっくりと下げ、警戒しながら下段に構える。

「強いなお前」

はぐれアサシンはそう言いながらニヤリと笑った。

「強いやつを殺すのは好きだ」

「そうか」

俺の背中にはシエン司教がいる。

左腕を切り裂かれ血を流しながら、戦意は衰えていない。

だがすでに冒険者を引退した身であるシエン司教にとって、危険な出血だ。

すぐにでも魔法で傷を塞(ふさ)ぐべきなのだろうが、守りを俺に任せて回復に専念できるほどシエン司教は俺のことをよく知らない。

「レッド君、防御に徹してくれ、すぐに補助魔法をかける……！」

シエン司教は俺への援護を優先するつもりだ。それが普通の判断だろう。

リットがここに到達するまでおそらく12秒。

それまでシエン司教や集落の老人達を守りつつ戦わなければならない。

たった12秒。だが、刃を突き立て人を殺すには十分過ぎる時間なのだ。

俺は相手の動きに集中しながら隙をうかがった。

「そいつはやるから、後ろの女は俺に殺させろよ」

「先に殺(や)ったもん勝ちだろ」

「それはそうなんだが、あの女の尻(しり)と太ももの感触が思いのほか良くてな。ぜひ殺したい」

なに？

そうか、あいつはリットが乗っていた走竜に化けていたのか。

そうか、そうか……俺のリットの尻と太ももの感触と言ったのか。

なんだかムカついてきた。平和ボケしていた頭の中のスイッチが一気に切り替わる。

シエン司教に見られているが構うものか。俺は剣を振り上げ攻撃的な大上段に構えた。

「む……」

俺の意識が変わったことに気がついたのか、はぐれアサシン達は警戒の素振りを見せた。

だが遅い。

キイィン!!

剣と剣がぶつかる金属音。はぐれアサシンは一足で間合いを詰めてきた俺に驚きつつも、すかさず剣で防御していた。

「ぎゃ!?」

はぐれアサシンの悲鳴。

剣が触れた瞬間に剣を引き、さらに一歩踏み込みながらの相手の剣の内への切り返し。

はぐれアサシンの防御をすり抜けた刃(やいば)が、相手の肩口に突き立てられた。

骨まで達する深い傷。

鍛えられた暗殺者であっても、たまらず倒れた。

「ちっ!!」

仲間が倒れてもはぐれアサシンは冷静だった。

背を向けている俺に間髪容(い)れずに斬りつけてくる。

俺は剣を引き抜きながら振り向きざまに、はぐれアサシンの拳(こぶし)を打つ。

骨の砕ける感触。はぐれアサシンの動きが一瞬止まった。

後は防御が緩んだところに一撃を加える。

「がふっ……！」

もう1人も倒れた。

「ふぅぅう」

俺はゆっくりと息を吐く。一度熱くなった心はなかなか落ち着かない。

「強いとは聞いていましたが、まさかこれほどの使い手とは」

シエン司教は魔法を使うことすら忘れて呆然（ぼうぜん）としていた。

いかん、ちょっとムキになりすぎた。

「レッド！」

リットが駆け寄ってきた。

「大丈夫だった⁉」

「ああ、大丈夫だ」

「良かった！　レッドが殺気立ってたから強敵だったのかと思って」

心配をかけてしまったようだ。リットは安心したように笑った。

「それよりミストームさんのところへ戻ろう。ここにいるはぐれアサシンは2人だ。1人足りない」

その時、大きな爆発音がした。

ミストームさん達のいる家の窓から炎が噴き出した。

家が炎で包まれる、が、炎を物ともせず家の中から木の巨人が這い出してきた。

「あれはヤランドララの木霊の長！」

木霊の長は家を焼く炎へと手をのばす。炎が塊となって家から離れた。

その炎の中に最後のはぐれアサシンがいる。

「今度は逃さないわよ！」

木霊の長の肩に乗るヤランドララが叫んだ。

自信にあふれる表情は、森の中という自分のフィールドで戦えることからだろう。

遅れてミストームさんも家の外へと飛び出してきた。

魔法で身を守ったのか、炎で焼かれた様子はない。

「今回は魔力も万全さ！　この間のような無様は晒さないよ！」

ミストームさんも啖呵をきって杖を向ける。

だがはぐれアサシンはヤランドララ達ではなく、俺達の方へ視線を向けた。

「2人ともやられたのか」

俺の後ろで倒れている、仲間を見てはぐれアサシンはつぶやいた。

焦るわけでもなく淡々とした口調だった。

「あなたもすぐにそうなるわ！」

木霊の長が右腕を伸ばしてはぐれアサシンを捕らえようとする。

ヤランドララ得意のソーンバインドを使わないのは、炎の術を警戒してのことだろう。

あのはぐれアサシンの炎でも巨大な木霊の長を焼き尽くすことは不可能だ。

「おおお……！」

はぐれアサシンは唸(うな)り声を上げると、勢いよく両腕を振り回した。

無数のスローイングナイフが木霊の長を襲う。

だが、体中にナイフを浴びながら木霊の長の動きはなんら衰えることがない。

「そんなもので！」

ヤランドララが叫ぶ。

「武技：連鎖爆火遁(れんさばくかとん)！」

木霊の長に刺さっていたナイフが次々に爆発した。

「くっ!?」

さしもの木霊の長も爆風と炎でよろめき、ヤランドララは振り落とされ地面に着地した。

それでもヤランドララの召喚した大精霊は健在。

ダメージこそ受けているが、現界できなくなるほどではない。

しかし。

「しまった！」

そこにはぐれアサシンの姿はなかった。

強力な武技だったが、あれでヤランドララを倒せるとははぐれアサシン自身も思っていなかったのだろう。攻撃が有効だったかどうかを確認することなく、はぐれアサシンは即座に退却行動を取っていたのだ。

「だけど今回は仲間を回収する余裕はなかったようだな」

俺の後ろには倒れたままのはぐれアサシン達がそのまま残っている。

残念だ、こちらに来るようなら止められていただろうに。

ともあれ、すでにはぐれアサシンの気配はない。

ルーティがいればともかく、俺達では痕跡（こんせき）を調べながら追いかけることはできても、追いつくことは難しいか。

「あれ、ティセは？」

リットが言った。確かにティセの姿が見えない。

「もしかして1人で追いかけたの!?」

慌てて後を追いかけようとしたリットを俺は引き止めた。

「無理だ、追いつけない」

「でも！」

「ティセは追いかけられるような跡を残していない。1人で十分だということだろう」

ティセは1人で決着をつけるつもりなのだ。

＊　　＊　　＊

〝フォームオブライディングドレイク〟により、半竜半人の姿になった最後のはぐれアサシン……ドログは、凄まじい速度で森の中を駆け抜けている。

それでいて足跡一つ残さないのは、『アサシン』の加護の力だろう。魔法使いが同じように変身してもこうはいかない。

だから、こうして後を追えているのは、ぬかるんだ地面という走竜が苦手な状況だからだろう。幸運だ、ここで必ず仕留める。

私はティセ・ガーランド。

ルーティ様の親友にして、暗殺者ギルド所属の暗殺者だ。

ギルドを裏切ったはぐれアサシンを追い、私は木々の間を駆け抜けている。

「ちっ」

腐った木の根を踏んで、ドログの速度が僅かに落ちた。

私は、すかさずスローイングナイフを投げつける。

ドログは身をよじってナイフをかわした。やはり気付かれていたか。

だけど、ドログは無理な体勢から立て直すために一度大きく減速した。

「ティセか！」

ドログはすでに戦いの距離にいる私の姿を見て言った。

「まさかここでお前と再会するとは！　ギルドから俺を殺すよう依頼を受けているのか！」

「答える義理はありません」

そんな依頼は受けていない。ここゾルタンにこの大陸でもトップクラスの暗殺者である
ドログ達がやってくるなんて想像できるわけがない。

でも、こうして警戒してもらった方がやりやすい。

狙い通り、ドログは私をここで倒さなければ狙われ続けるという認識を持ったようだ。

私とドログは森の中を駆け抜けながら、同時に剣を抜いた。

「お前と今更戦うことになるとはなティセ。お前は天才だったが、ギルドの言いなりに選んで殺していたお前と、選ばず殺していた俺とでは積み重ねてきたモノが違うということを教えてやる」

「なるほど、お喋り(しゃべ)の経験でも積んできたのですか？」

「ほざいたなティセ!!　マスターはお前を評価していたようだが実戦なら俺の方が上だ!!」

跳躍したドログは、両の目をカッと見開いた凶暴な顔で私の方へと飛びかかってきた。

私も同時に跳ぶ。

「暗殺の剣は流星を落とすがごとく驚愕を与えよ」

「ギルドを抜けた割にはマスターの教えに忠実なんですね」

お互い頭上を取ろうと木々を蹴りながら高度を上げていく。

「「……ッ！」」

お互い叫びはない。口の中で音にならない気合いを発し、私とドログは空中で交差した。

どちらの剣も空を切った。

「やるな、だがもう見切った……次は無いぞティセ」

地面に下りたドログは笑ってそう言った。私は何も言わずに剣を構える。

「諦めろ、やはり俺の方が上だ……降参しろティセ。俺の仲間になるなら命は助けてやる」

はい？

戦意をそがれるということはないが、思いがけない言葉だった。

「ギルドに従う人生などつまらん、自由に殺せるのはいいぞティセ。善だの悪だの超越したところに君臨するのが『アサシン』だ。どんな権威も財産も、『アサシン』の前では何の意味もなさなくなる。殺す瞬間、『アサシン』こそが神になる」

私は……呆れていた。

「ドログ」

「降参する気になったか？」

「殺す前にべらべら喋るのは三流です」

「そうか……残念だ！」

再びドログが跳んだ。勝利を確信して笑っている。

私は……。

「な、なんだと!?」

私は跳ばずに地面を走った。

ドログは虚を衝かれた様子だったが、それでも剣を振り下ろす。

対処しにくい頭上からの攻撃。

高所の有利を作り出し『アサシン』の加護の得意分野に持ち込む剣術。

私達に暗殺の技術を教えたマスターの必勝形だ。

だが、ドログはマスターの教えを見誤った。

私も跳ぶと思い込み、必要以上の高さまで跳んでしまっている。

私の技を見切ったとドログは言っていたが、私はわざとドログの知っている技を見せ、見切らせたのだ。

相手の虚をつくのが暗殺の剣の本質だ。跳躍はその手段でしかない。

そして、私の一太刀は必殺。厄介な武技：火遁での逃走を使える猶予は与えない。

二度目の交差。今度は手応えがあった。

「が、は……」

着地することもできず、ドログはドスッと音を立てて地面にぶつかった。

両手をついて起き上がろうとしているが力が入らないようだ。

「自分でも分かるでしょう、致命傷です」

私の剣は骨の隙間を縫って内臓まで達している。

血を流しながら呻くドログにとどめを刺そうと、私は近づいた。

「ま、待ってくれ」

ドログは私を見て言った。

「殺さないでくれ……」

ドログは命乞いをしている。軽蔑はしない、暗殺者だって自分の死は怖い。

だが私は暗殺者ギルドの名を汚すはぐれアサシンを見逃すわけにはいかない。

「依頼人のことを話す……だから命だけは」

前言撤回、私はこいつを軽蔑した。

暗殺者として依頼人を明かさないことは最低限のルールだ。

自分勝手に殺しをするためにギルドを抜けたドログは、すでに暗殺者ではなくただ殺したいから殺す殺人鬼に成り果てていたのだ。

「……誰に雇われたんですか」

私は怒りを押し殺しながら言った。

私の気持ちはどうあれ、これはレッドさん達にとって重要な情報だ。

だけど私は、ここでドログが私に不意打ちするために口からでまかせを言っているのだと期待してしまっていた。だがドログは嘘偽りなく依頼人を明かした。

「ヴェロニア王国のリリンララ将軍だ……ゾルタンにいるミスフィア……ミストームと名乗っているミスフィア王妃を殺せと」

「依頼人はリリンララ将軍」

そしてミストームさんの本当の名はミスフィア王妃。

詳しくは知らないけど、何十年も前に行方不明になったゲイゼリク王の第一王妃だったはずだ。やはりあの軍船とドログとミストームさんはつながりがあったというわけか。

「なるほど、情報ありがとうございます」

「じゃ、じゃあ！」

「ええ、止めは刺さないでおきます」

私はため息をつくとドログに背を向けた。

絶好の機会だというのにドログは剣を持つ素振りも見せない。

ただ助かりたくて、キュアポーションを取り出し必死に飲み込んでいる。

ドログがゴフッと咳をして、飲んだポーションを吐き出す音がした。

「止めはさしませんが、あなたの傷は致命傷です。ポーションではもう届かない」

「あ、が……待ってくれ……目が……暗くなって」

「失血によって何が起こるかも知っているはずでしょう。これまでたくさん見てきたのだから」

私はもう振り返らずに歩き始めた。

ドログは『アサシン』の加護の衝動に忠実だった。

だからギルドを抜け、思う存分殺せるはぐれアサシンになったはずだった。

なのに、ドログは理想の暗殺者とは程遠いモノになってしまっていた。

私には、それが不思議に思えたのだった。

＊　　＊　　＊

「ティセが戻ってきた！」

リットが安心したように言った。

うげうげさんを肩に乗せ、ティセは落ち着いた様子で歩いてくる。

どうやら無事はぐれアサシンは倒せたようだな。

「戻りました」

「お疲れ様」

俺は用意していたタオルと水をティセに手渡した。

「ありがとうございます」

いくらティセが高レベルの『アサシン』とはいえ、森の中を追撃し、すぐに戦闘するのは消耗するはずだ。ティセは水をゆっくりと飲むと、吹き出した汗を拭った。

「レッドさんが倒した暗殺者はどうしました？」

「縛って納屋に放り込んである」

「そうですか……」

「みんなには俺が上手く話しておくから、暗殺者の処遇はティセに任せるよ」

「ありがとうございます」

ティセは自分の携えている剣の柄に触れた。それから確認を求めるように俺を見たので、俺は一度頷いた。ティセは納屋の方へ向かおうとして、ハッとしたように足を止めた。

「……すみません、今のは余計でした」

「ん？」

「確認したら、私の仕事をレッドさんにも背負わせることになってしまいます」

なんだそんなことか、と言おうと思ったがティセの様子は思ったより深刻そうだ。

「納屋まで一緒に行こうか」

俺はみんなには先に部屋に戻っているように伝え、ティセと一緒に歩きだした。

仲間から十分離れたところで、俺は口を開く。

「俺も元軍人だ。殺した経験なんて数え切れないほどある、今更そんな気遣いはいらないよ」

「はい……」

ティセが悩んでいるのは、はぐれアサシンを始末していいのか俺に確認を求めたこと、これにより俺が彼らを殺す決定をしてしまったことになる。

そうティセは考え、自己嫌悪に陥っているようだ。

「殺すこと自体は、私は後悔したりはしません。私はそういう加護を持ち、そういう生き方をしてきましたから……ただ、どうしても私は殺す理由を誰かに与えて欲しいと思ってしまう衝動があります」

「暗殺者は誰かに望まれて人を殺す仕事だものな、仕方ない」

「でもそれだけは、少し嫌です」

納屋まで大した距離はない。俺達はすぐに扉の前へ到着した。

「はぐれアサシン達ですが」

ティセがつぶやくような小さな声で俺に問いかけた。

「彼らは『アサシン』の衝動に忠実だった、多分私よりもずっと。でも彼らは暗殺者として不純で不完全でした。なぜなのでしょう？」

「簡単なことだ」

俺があっさりそう言ったことに、ティセは少し驚いた様子で俺を見た。

「それはどういう……？」

「彼らは加護の衝動に従っただけで、ティセは自分で考え暗殺者であろうとした。それだけのことだよ」

「かもしれません。加護に従わなくても私はどこまでも暗殺者なのでしょう」

「ふむ？」

「……レッドさんもルーティ様も、騎士や勇者であることを辞めスローライフを送ろうとしています。でも私は、スローライフを送りながら暗殺者であることを辞めているわけじゃないんです」

「ふむ」

「そんな私がこれからもみなさんの隣にいていいのか、少し迷う時があります」

ティセはそう言って目を伏せた。

「いいんじゃないか別に」

俺は軽い口調で答えた。

「ルーティはティセと一緒にいて楽しそうにしている。ティセもルーティと一緒にいるのが楽しいから一緒にいるんだろ？」

「はい。ルーティ様は尊敬できる方であり、あと」

「手のかかる妹のようでもあり？」

「ふふ、はい、失礼ですがそう思っています。とても強くて賢いのに放っておくとなんだか危なっかしくて……一緒にいてとても楽しいです」

「でもルーティのその魅力に気がついてくれる人は滅多にいないんだ。ありがとうティセ」

「え、あ、私も好きでルーティ様と一緒にいますので」

ティセは照れた様子で少しだけ顔を赤くした。その様子を見て俺は微笑む。

「それでいいじゃないか。暗殺者であっても、友達と一緒にいて楽しいって気持ちは変わらないだろう」

「いいのでしょうか？」

「暗殺者としてのティセを俺達のために否定しなくてもいい。暗殺者ティセのまま、ルーティの友達でいてくれればいいんだ。大切なのはティセがルーティの友達ってところだ」

「うーん」

「確かに、俺には俺のやりたい事があって、ティセにはティセのやりたい事がある。でもそれはそれだ。俺もルーティもティセと友達でいたいから友達でいるんだ」

「そう……ですね。ひさしぶりに暗殺者の仕事をしたんで変なことを考えてしまったようです……ありがとうございます」

「それに、これは俺個人の考えなんだが」

俺は一度言葉を切ってから、ティセを見て言った。

「俺はティセの生き方は間違っていないと思う。ティセはそのまま、スローライフ暗殺者でいいんじゃないかな」

「スローライフ暗殺者って、変な言葉ですね」

ティセは笑うと、表情を切り替えた。

「では仕事をしてきます」

「うん、いってらっしゃい」

納屋は静かなままだったが、すぐに気配が2つ消えた。

＊　＊　＊

俺とティセがミストームさんの家に戻ると、やはり部屋は焼け焦げていた。

「すみません、襲われるまでここに侵入されてしまったことに気が付かず」

ティセは申し訳無さそうにしている。

「いいんだよ、こちらの被害は私の家とシエンがちょっと怪我をしただけさ」

シエン司教の傷は回復魔法で塞いだが、高齢の身で出血をしたためベッドで横になって休んでもらっている。

「悪いってんなら、自分のところの走竜なのにすり替わってることに気がつけなかったシエンのやつが一番悪いんだよ。あいつは頭良さそうな顔してるけど、昔っから肝心なところでうっかりミスをやらかすやつなんだ」

ミストームさんは、2つほどシエン司教の失敗談を語った。

本人がいないのをいいことに、ミストームさんは自分で話してケタケタと笑っている。

俺達も楽しく笑わせてもらった。

「おっと、そろそろお湯が沸いた頃だね。お茶とお菓子の用意をしてくるよ」

「あ、手伝います」

立ち上がろうとしたティセを、ミストームさんはやんわり制した。

「いいから、客人はのんびりくつろいどきな」

そう言ってミストームさんは台所へと引っ込んでいった。

しばらくすると両手でトレイを抱えて、ミストームさんが戻ってくる。

「はい、どうぞ」

テーブルに置かれたのはラム酒の瓶とカップ。

お酒を飲まないティセは不思議そうな顔をした。

「冗談だよ」

ミストームさんは悪戯めいた笑みを浮かべる。

続けて紅茶の入ったカップを俺達の前に並べた。

そこにラム酒をほんのひとすくいだけ紅茶に混ぜ、さらに少々のバターを紅茶に浮かべる。

「ホット・バタード・ラムか」

「ええ、よく知ってるね」

寒い日には良いホットドリンクだ。騎士団時代に南の地方出身の同僚から教えてもらったことがある。

「ヴェロニアではね、船乗り達が余ったラム酒を持ち帰り、それを母親や妻が料理やこうしたカクテルに使うのさ。ラム酒の味は家族団らんの象徴でもあるんだ」

「やはりミストームさんはヴェロニアの」

「ああ」

ゴクリと喉を鳴らし、温かいホット・バタード・ラムを一口飲んだティセは、ホッと白い息を吐いた。

「美味しいです」

「そりゃ良かった」

ミストームさんは嬉しそうに笑う。

それからティセはミストームさんを見ながら言った。

「私が戦ったはぐれアサシンが、あなたを殺すよう依頼した人間を白状しました」

「「なんだって？」」

驚いた俺とミストームさんは思わず同時に声を上げた。

「あいつらに依頼したのはヴェロニア王国の海軍元帥、ハイエルフの将軍リリンララです」

「そうか、リリンララのやつか」

ミストームさんの浮かべた表情は驚きと納得の入り混じった複雑なものだった。

「それと」

ティセは言うべきか迷っている様子で言葉を続ける。

「ミストームさんの過去についても喋りました」

ティセの言葉にミストームさんは一呼吸おいて頷いた。

「……ここまで来たら隠す方が悪い結果になるだろうさ。白状しよう」

「ありがとうございます」

ティセはホッとした様子で言った。

ティセは俺達の中でも特にミストームさんと仲が良い。

俺達に隠し事はしたくないが、ミストームさんの過去を勝手にバラすわけにもいかない。そんな葛藤があったのだろう。ミストームさんはティセの様子を見て優しく笑う。

「短い間だったけど一緒に旅をした仲間に気を遣わせちまったね……でも決して騙していたつもりはないんだ。私にとってミストームという名も紛れもない本当の名だ。大体、ミストームと呼ばれていた時間の方がずっと長いのさ」

確かに。

ミストームさんがゾルタンにやってきたのは20代後半くらいの頃。

それから40年以上もゾルタンでミストームとして生きてきたのだ。

最初は偽名だったとしても、ミストームという名はもう本物なのだ。

多分、俺もいつかはそうなるのだろう。ギデオンではなくレッドとして生きている時間の方が長くなる日が来る。ミストームさんの様子を見ていたら、それはきっと悪くない日なのだろうと俺には思えた。

「それで、ミストームさんの昔の名前って」

リットの言葉に、ミストームさんはうなずき答える。

「私のもう一つの名はミスフィア・オブ・ヴェロニア。ヴェロニア王ゲイゼリクの妻であり、ヴェロニア王国第一王妃、あとはゲイゼリク海賊団2番艦船長〝海賊公女〟ミスフィアとも呼ばれていたっけね」

予想していなかったわけではない。

失踪した王妃が、逃亡者達の行き着く辺境の国ゾルタンにいるというのもそうありえない話ではないだろう。だが予想していても驚くものは驚くのだ。

俺達の顔を見て、ミストームさんは楽しそうに笑った。

「さて、どこまで話したものかねぇ」

「全部話したらどう？」

悩んでいるミストームさんに、ヤランドララが言った。

「ヤランドララはもう事情を聞いているのか？」

「ある程度はね。実は私も無関係じゃないみたい」

「ヤランドララが？　でもミストームさんがミスフィア王妃だった頃でも面識があったわけじゃないんだろう？」

それならば最初に会ったときに気がつくはずだ。

「直接はかかわってないわ。でも、ゲイゼリクとリリンララとは知り合いなの」

「ヤランドララが？」

「知り合いと言っても良好な関係ではなかったわ。リリンララとは、探検船の航海士として出会った。あの頃は私の方が航海士長。私の『木の歌い手』は海が得意というわけでもなかったけれど、一応はドルイド系の加護で私も海の精霊を見ることはできたから」

「ヤランドララが航海士もしていたとは」

「海の冒険ってなんだか憧れるでしょ？」

「まぁそれはあるな……しかしヤランドララは本当に色々やってたんだな」

「私はちょっとだけ長生きしてるからね！」

ふふんとヤランドララは得意気に言った。

多少話は聞いているが、一体ヤランドララは若い頃にどれだけの冒険をしてきたのやら。

「で、ある日、船を襲ってきた海賊を返り討ちにしたとき、リリンララが海賊船の1隻を奪って勝手に出ていってしまったの」

「なにか理由があったのか？」

「当時は各地で反乱と革命が起きていて、戦争で捕まって奴隷として売られた者が多かった。特にハイエルフは高値で売れるからね……リリンララはそんな奴隷商人達が我慢ならなかったみたい。海賊船の船長になって奴隷商船を片っ端から襲撃していたわ。まぁでも、そういう目的だから奪った奴隷を売るわけにもいかず、奴隷達の面倒も見ないといけないとで、資金はすぐに足りなくなった。仕方なく普通の商船も襲うようになって、あとは転がり落ちるように善良な人も襲う凶悪な海賊になってしまった」

「へぇ、リリンララのやつはあんまり昔のこと話してくれなかったけど、あいつが海賊になったのはそんな訳があったのかい」

ミストームが興味深そうに言った。

「私は海賊になって他人に迷惑かけてるリリンララが気に入らなくて！　私も船を手に入れて、リリンララの妖精海賊団とやりあってたのよ！」

「そこで戦うって決断しちゃうのがヤランドララらしいな」

この激しさもヤランドララの一面だ。うん、絶対敵には回したくないハイエルフだ。

「それでゲイゼリクとも知り合ったのか？」

「ゲイゼリクはリリンララが襲った奴隷船にいた奴隷だった。どういうわけかリリンララはゲイゼリクのことを気に入ってね」

「奴隷だったのか、劣悪な環境だったんだろうな」

「ええ、拾った少年が死にそうだからしばらく休戦して欲しいとリリンララから私に手紙が来るくらい。私も不憫(ふびん)だったから薬を届けたりしたわね」

つまりヤランドララはゲイゼリクの命の恩人でもあるのか。

「ゲイゼリクはヤランドララの船の船員になり、やがて海賊として独立した。まさか国を奪うほどの大海賊になるとは思わなかったわ。

ゲイゼリクが頭角を現す前にね、私の故郷のキラミン王国が霜の巨人達に侵略されていて、私は船を処分し傭兵(ようへい)を組織してキラミンへ加勢に戻ったの。リリンララ達とはそれっきり」

「こ、今度は傭兵率いて戦争か。俺も騎士や勇者の仲間として色々経験したつもりだったけど、ヤランドララの若い頃って波乱万丈過ぎだろう」

「えへへ」

ヤランドララは褒められたと思っているようで照れている。

「まぁそういうわけで、私がリリンララとゲイゼリクを倒していれば、ミストームの人生は全く違うものになっていた。だからちょっとだけ私にも責任があるんじゃないかなって」

「人生とは不思議なもんだ。もういい歳になったし、あとは穏やかにデミス神様のところへ召されるだけだと思っていたのに、こうして私の人生を左右したヤツと友達になるんだから」

ミストームさんの顔には様々な感情が入り混じった不思議な表情が浮かんでいた。

だが根底にあるのは多分感謝だと、俺は感じた。

＊　＊　＊

「2人の事情は分かったが、ここからが本題だな」

俺の言葉にリットも頷(うなず)く。

「私が狙われたのはなぜか、だね」

ミストームさんはそう言って、飲み終わり空になったカップを置いた。

「サリウス王子が捜している人物とはミストームさん、あなただろう？」

「直接聞いたわけじゃないからただの推測だけど……多分そうだろうね」

ミストームさんは肩をすくめた。

「ゾルタンの為を思えば観念してあいつらの前に出ていくってのも手かもね」

「ミストーム！」

ヤランドララが強い口調で非難する。

ミストームさんは困ったような笑みを浮かべていた。

俺は少し考えてから言葉を返す。

「だとしたら、リリンララはなんでミストームさんの命を狙ったんだ？」

「だよね」

リットも難しい顔をしている。

「リリンララはサリウス王子の重臣として振る舞っていた。でも2人の目的は明らかに矛盾している」

「そうだな、サリウス王子は教会に圧力を加えてまでミストームさんを捜しているのに、はぐれアサシン達はミストームさんの顔を知っていたし居場所も分かっていた」

俺はミストームさんの顔をじっと観察する。

ミストームさんは俺の目を見て、それからふぅと息を吐いた。

「話す前に聞いておきたいんだけど、あんた達は今回の件にどこまでかかわるつもりなんだい？」

「ミストームさんは〝世界の果ての壁〟を一緒に旅した友人だ。もし危機が迫っているなら、喜んで力を貸すつもりだよ」

「ヤランドララからも同じこと言われたよ。全く、たった一度の冒険で……いや、冒険者ってのはそういうもんだったね。現役引退して長いから、色々と忘れてしまっていたよ」

ミストームさんは視線をそらし、少し笑って言った。

「じゃあ、ちょっと昔話をすることにしようかね」

幕間(まくあい)

追放王妃ミスフィアの物語

50年前。ヴェロニア王宮。

美しいドレスを身につけた若い頃のミストーム……ミスフィア姫が、ホールの中央で踊っている。エスコート役は金髪の若い男。きらびやかな貴族の服を着て、上品な仕草でホール中の視線を集めていた。

ダンスが終わり、若い男は執事に呼ばれてどこかに消える。

「あら、お姉さま」

入れ替わるように、別の女性がミスフィアに話しかける。

ミスフィアと似ているが、目元が柔らかい。

ミスフィアの美しさに誉れ高さを感じるのに対し、彼女は誰からも愛される花のような美しさがあった。

「レオノール」

「ピエトロ様はダンスがお上手でしょう？　私もあの方と踊るときは気持ちがいいわ」

「そうね。でも、少し優柔不断だわ。ピエトロ様はヴェロニア王家の分家でもあらせられるのだから、他の貴族への応対はもっと威厳を持って接して欲しいですわね」

「お姉さまは今日という日に至っても変わりませんわね。女性というものは男性を立てるものですわよ？」

「もし父上にお世継ぎが生まれなければ、ピエトロ様は王位を継承することになります。今のヴェロニアに必要なのは強い王。そのために夫を支え、導くのが良き妻ではありませんか？」

「まぁ！　今から夫が王になる話をなさるなんて！　お姉さまは野心家ですわね」

レオノールは少し声を大きくして言う。周りの貴族がミスフィアの方をちらりと見た。

「あら失礼を」

悪びれもせずレオノールは謝る。その表情は悪意で歪（ゆが）んでいた。

「さすがは『アークメイジ』様ですわ。私のような『闘士』の加護持ちとは違いますわね……ですが、私はこの『闘士』の加護で良かったと思っていますの。だって、花は愛（め）でられるものでしょう？　『闘士』の固有スキルは純粋な能力強化。衝動も少なく、こうして自身の身体の美しさに専念できる加護はそう多くありませんもの」

「私は愛でられる花より、病を癒（いや）せる薬草でありたいわ」

毅然（きぜん）と言い返すミスフィア。口元を扇子で隠し忍び笑いを漏らすレオノール。

「本当にご立派。お姉さまとお話しするのはとても楽しいですわね。お姉さまが王宮を離れられるのが寂しくてなりません」

「私も、あなたにもっと沢山のことを伝えてあげたかったわ」

ヴェロニア国王が壇上に登った。何か発表するらしい。

その隣にはピエトロが立っている。周りの貴族達はパチパチと拍手を送った。

「この目出度き日を貴公らと祝えることを、ヴェロニアの王として、貴公らの盟主として嬉しく思う」

再び拍手が起こる。壇上を見つめるミスフィアの顔は嬉しさと憂鬱さが混じったような、複雑な表情が浮かんでいた。

だが、その表情は思いもよらなかった形で崩れることになる。

「余の愛するヴェロニアを担う貴公らよ、今日この場で、どうか余の愛する娘レオノール・オブ・ヴェロニアと余の愛する忠臣ピエトロ・オブ・ザキが交わす結婚の誓いの立会人となって欲しい」

シィンと場が静まり返った。そして、人々は困惑した様子でヒソヒソとささやきあっている。

「へ、陛下……レオノール様ですか？　ミスフィア様ではなく？」

「ああそうだ。言い間違いではない、レオノールとピエトロだ」

ミスフィアは信じられない様子で壇上の２人を見つめ、壇上に上がって無邪気に笑っているピエトロの姿を見て、何が起きているかを理解した。

ミスフィアは真っ青な顔で両手を握りしめる。

「そして」

続けて壇上に上がったオースロ公爵の姿を見て、ヴェロニアの貴族達は目をそらした。

「我が娘ミスフィアの才能を、余が……余、が、もっとも信頼する……オースロ公が高く評価してくれた」

王は悔しさを隠しきれず声を震わせた。顔には汗が浮かび、目は血走っている。

その表情だけが、ヴェロニア王国を統べるはずの王にできた唯一の抵抗だった。

王の口からオースロ公への賛辞が次々に述べられる。

そして王は最後の言葉を口にした。

「オースロ公に我が娘ミスフィアを嫁がせる余の喜びを、どうか皆も分かち合って欲しい。今日は目出度き日である」

「で、ですが陛下、オースロ公にはすでに奥方が」

老貴族が恐る恐る言った。周りの貴族も頷(うなず)いている。

王の代わりにオースロ公がニタリと笑って答える。笑ったときに虫歯で黒くなった歯が見えた。

「ミスフィア様は側室としてお迎えする」

「ば、馬鹿な!!」

さすがに我慢できなかったのか老貴族が叫んだ。

「ミスフィア様はヴェロニア王家の第一王女であらせられるのですよ！　い、いくら公でもそのような暴挙は……」

「何か問題でも」

貴族たちは絶句した。その様子を見て、オースロ公は満足そうに頷く。

言い訳すらしない公爵の姿に、貴族達はヴェロニア王国の終わりを予感していた。

今でこそ大国として知られるヴェロニア王国だが、ほんの50年前はここまで衰退していたのだ。パーティーが終わった後、自室の椅子に力なく座っていたミスフィアのもとへレオノールがあらわれる。

レオノールが勝ち誇った目で笑っていた。

「ご婚約おめでとうございます。どうかお幸せに……苦い苦い薬草さん」

＊　　＊　　＊

外からカモメの鳴き声が聞こえてきた。

ここは船の客室。

ミスフィアが輿入れに使っている船は一本マストの旧式帆船。こんな粗末な船でオースロ公の使者はミスフィア姫を迎えに来たのだ。

船は波のうねりにギシギシと音を立て、船室はゆっくりと揺れた。

そんな船室で白い高価なドレスを身にまとったミスフィアが椅子に座り悲しそうにうつむいている。

結局、彼女の持っているすべてを使っても、オースロ公爵のハーレム入りという屈辱を覆すことはできなかった。

これがヴェロニア王国のためなら、ミスフィアは身を捧げることも厭わなかっただろう。だが、この結婚によりヴェロニア王国の威信は地に落ちた。この結婚は周辺諸国に王国の脆弱さを明らかにする行為でしかない。

かつてはアヴァロニア王国に匹敵する大国が、もう長くないだろう。誰もがそう思うに違いない。泣くまいとこらえているミスフィアだったが、唇を噛み締めていないと心が壊れそうだった。

「お願い……誰か助けて」

今にも泣きそうな目でミスフィアがそうこぼした時、不意に外が騒がしくなった。

男たちの怒声が響き、金属がぶつかりあう音がする。

ミスフィアは異常を感じ、部屋に立てかけてある杖を取った。

しばらくして、扉が荒々しく開かれる。

「ほう」

現れた男が言った。

男の顔には無数の傷があり、その眼光は鋭く、表情には自信が溢れていた。

ミスフィアが見てきたヴェロニアの貴族達とは全く違う種類の男だ。

「やはりこの船の一番の財宝はあんただな」

「海賊が何の用です！　この船が王族の乗る船だと知っての狼藉ですか！」

「王族だ？　はっ、王女を公爵の側室として売り払うような王家にそんな威光があるもんかい」

海賊の嘲笑にミスフィアの顔が恥辱で赤くなった。

「黙りなさい！　たとえ今は屈辱にまみれ地に伏そうとも、私は必ずかつてのヴェロニア王国を取り戻す！　オースロ公爵は家は強大です、彼に気に入られ、その領地のいくつかを我が子に継承させることができれば……」

「側室の身でそりゃ無理ってもんだ。あのジジイはただの好色家だ。女性にあんたみたいな勇敢さは求めちゃいない。興味があるのは……」

海賊はミスフィアへ近寄ると、その胸に指を突きつけた。

「きゃっ」

ミスフィアは驚いて胸を両手で庇（かば）う。

「それだけさ」

キッと睨（にら）みつけたミスフィアの視線に海賊は小さく口笛を吹いた。

「ハーレムでの人生は嫌か？　贅沢（ぜいたく）できるぞ」

「私は王女です、この王国の為に生き、王国の為に死す、そのために生まれてきたのです！」

「窮屈な生き方だな」

「海賊ごときに王族の生き方が分かるものですか！」

海賊の顔がニヤリと笑う。

「そうだ。俺はその王族の生き方ってのに興味がある。どうだい、いっちょそいつを俺に教えちゃくれないか？」

「なにを……」

「あんたは俺が見てきた中でも最高の財宝だ、公爵なんぞにくれてやるのは惜しい」

「きゃっ!!」

「あんたを頂いていくよ。俺は海賊だからな」

「あ、あなたは!!」

「安心しな、あんたは夢を諦める必要はない……俺は王になる」

「王に……？　一体何を言って……」

「俺の加護は『帝王』。初代アヴァロニア王のみが持っていたとされるレア中のレアな加護だ」

潮風の匂いがした。

ゲイゼリクはミスフィアの手を引き、船室の扉を開けた。

「俺の名はゲイゼリク！　姓もない、親の顔も知らない、ただのゲイゼリクだ！　だが俺はこのヴェロニアの王になる！」

「え、あ……」

「お姫様！　あんたには俺の右腕になってもらいたい！　この海賊ゲイゼリクに王の生き方を教えて欲しい！　代わりにあんたのためにクソ貴族どもなんざ相手にならない強いヴェロニアを取り戻してやるぜ！」

海賊覇者ゲイゼリク。後のヴェロニア王はミスフィアの腕を力強く引きながら歩いていく。最初はよろめきながらも、ミスフィアはやがて自分の足でしっかりとゲイゼリクの後を追う。2人は狭い船室の扉を抜け出し、広い外へと歩いていった。

『帝王』の加護。初代アヴァロニア王のみが持っていたと記録される加護。

希少性でいったら『勇者』以上だろう。

アヴァロニア人とは、先代勇者の息子が治めていたガイアポリス王国から追放された貴族達とその郎党達が祖先だそうだ。

当時の彼らが追放された土地は全くの辺境で、集落一つない状況だった。

そこから人々をまとめ、未開の大地を開拓し、ときにモンスターの襲撃と戦い、やがてアヴァロニア王国を建国した大英雄。

加護によって人生の決まるこの世界において、ゲイゼリクは王となるべくして生まれたのだ。

＊　＊　＊

「ちゃんと分配するのですから、ちょろまかしたりしないでくださいね！」

「へいお嬢！」

ドレスから動きやすい海賊の服に着替えたミスフィアは、魔法の杖を手に海賊達に指示をだしている。杖は今まで手にしている物とは違う、細く鋭く加工された金属製で、刺突剣としても使えるものだ。彼女の腰には杖を納める鞘まで佩いていた。

海賊達はミスフィアの指示のもと、敵船から略奪品を運び出す。

「海賊稼業も慣れたもんだな」

ゲイゼリクの隣に並ぶのは、長い耳をした隻眼のハイエルフ、リリンララ。

「これはリリンララ様」

「その様はやめとくれ。リリンララでいいんだよ」

2人の笑顔につられたのか、日焼けしたミスフィアの顔にも笑みが浮かんでいた。

＊　　＊　　＊

暗黒大陸。その西岸にある港。

ヒゲに覆われたドワーフや牙(きば)をむき出しにしたオークの暮らす港を、ゲイゼリク達が襲撃していた。アヴァロン大陸にはない武具、兵器、モンスターの数々。

鞭(むち)のようにしなる薄刃の刀剣、錬金術の爆薬でアンカーを打ち込むカラクリ仕掛けのハンマー、巨人の頭蓋骨(ずがいこつ)に鎖を取り付けたおかしな武器。

ドワーフの機械弓は引き金を引くだけで次々に矢を発射し、海賊達へと襲いかかる。

海賊達は大いに戦い、走り回り、財宝を担いで歓声を上げる。

船で海へと逃げ出したゲイゼリクに向けて、無数の影が跳んだ。

「面舵(おもかじ)一杯!!　全速力だ!!!!」

ゲイゼリクが叫んだ。

空を舞う風の四天王ガンドール配下、精鋭ワイヴァーン騎兵。

「船長！　魔王軍の物資に手を出したのはまずかったんじゃ！」

「馬鹿野郎！　海賊が魔王なんぞにビビってどうする！」

激しい閃光と轟音が背後から響いた。

「うわあああああ!!!」

海賊が悲鳴をあげる。船団のうちの1隻が雷鳴まとう嵐の槍に貫かれ、真っ二つに裂け沈んでいるところだった。

「ストームジャベリン！　やったのはどいつだ!!」

「私だ」

右手に稲妻を摑む白髪のウィンドデーモンが、ワイヴァーンにまたがり海賊たちを見下ろしながら答えた。

「あれは四天王ガンドールと同族の将軍！　上級デーモンまででてきたのか！」

叫んだのはリリンララ。戦いの中自分の船を失い、ゲイゼリクの船に乗り込み海賊稼業を続けていた。

デーモンは再び巨大な嵐の槍を作り出す。

「ずいぶん古臭い船に乗っているな、博物館から盗み出したのか？　荒野の民の追放者か……一体何を血迷って我らの倉庫を襲ったのだ」

「うるせえ！　目の前にお宝があるのにビビって逃げ出すようなやつが海賊になれるか！」

「そんな船で海賊だと？　ますますわからん。まぁいい、どの道ここで死ぬのだから」

「ち、ちくしょう！　空なんて飛んでないで俺と勝負しやがれ！」

ゲイゼリクは悪態をついてサーベルを振り回すが、ウィンドデーモンは意に介した様子もなく嵐の槍を投げつける。その瞬間。

「コントロールウィンズ！」

ミスフィアが印を組んで魔法を発動した。ストームジャベリンを包む風が、不自然に拡散すると、船の帆へと集まり強力な追い風となる。

「なんと!?」

初めてデーモンの表情が変わった。

ストームジャベリンは目標を追尾する。その必殺の魔法に対し、ミスフィアは風を操る中級秘術魔法のコントロールウィンズの魔法で対抗した。

もちろん、風を操ったところでストームジャベリンは止められない。だが、嵐の槍が引き起こす風を操作し、それを船の推進力に変えたのだ。

嵐の槍が近づけば、船は加速し遠ざかる。海賊船は嵐の槍と共に、デーモン達を置き去りにした。

「ひゃっほおおお！」

ゲイゼリクが歓声をあげた。だがあまりに強すぎる追い風にマストはたわみ、ギシギシと嫌な悲鳴をあげている。

「船長！　このままじゃマストが折れちまいます!!」

海賊の1人が泣きそうな顔で言う。だがゲイゼリクはニヤリと笑ってマストを蹴った。

青くなる海賊達を笑い飛ばすと、ゲイゼリクは大声で叫ぶ。

「折れるんじゃねえぞ！　俺の船なら根性みせやがれ！」

「そんな無茶な」

ミスフィアが呆れたように言った。

「海賊なんて毎日無茶やってるようなもんだろ！　クハハハハ!!」

「……確かにそうですわね」

危機的状況だというのにミスフィアもゲイゼリクと一緒に笑いだす。

「俺ぁあんたに王様の振る舞いってやつを教えてもらうつもりだったが……あんたの方が先に海賊の振る舞いを憶えちまったな！」

「全部あなたのせいですゲイゼリク！　……責任取ってくださいね」

ミスフィアの言葉にゲイゼリクは大きな口を開けて笑っていた。

第四章　それぞれの目的

森の隠れ里、ミストームさんの家。

ミストームさんは自分の半生を面白おかしく語っていた。

「こうして暗黒大陸をさんざん荒らし回った私達は、最後に魔王の船を盗み出してヴェロニア王国に戻ってきたのさ」

「それでそれで！」

リットが続きを急かす。

ミストームさんが語ったのは追放された王女が海賊と出会うロマンスであり、暗黒大陸にまで渡る冒険活劇。

お転婆お姫様だったリットにとって、それは楽しい物語だったのだろう。

「魔王の船はアヴァロン大陸にはない未知の技術を使った、蒸気と魔法で動く鋼鉄の巨大戦艦だった。そんなもんを持ち帰ったんだから、オースロ公爵なんてもう敵じゃない。ちょうどゴブリンキングの動乱で混乱していたヴェロニア王国に、私掠艦隊として治安を守ってやると交渉して、ゲイゼリクを貴族にしてもらったのさ」

その後のことは歴史としては俺も知っている。

軍を掌握したゲイゼリクはクーデターを起こし、ミストームさんの父親であるヴェロニア王を討ち取った。

「今でもたまに夢に見るよ」

ミストームさんはその時の光景を思い出しているのか、目を閉じた。

＊　＊　＊

王座の間の扉が海賊によって打ち破られる。

「ミスフィア！　王女であるお前が王家を滅ぼすのか!?」

父親であるヴェロニア王の叫びを、ゲイゼリクの隣に並ぶミスフィアは静かな顔で受け止めた。

「父上、国家は強くなければなりません。オースロ公のような私欲を貪る腐敗貴族に好きなようにされ、度重なる敗戦で領土の大半を失い、ゴブリンキングに襲われる村々を救うことすらできない……このような状況にもかかわらず、砂上の楼閣である権力にしがみつこうと保身のために争い続ける王宮の王族達に生きる価値がありましょうか」

「だったら余にどうしろというのだ！　王とは名ばかり、余が手に入れたのは盗賊すら討てぬ貧弱な王軍と、堂々と国庫を着服する貴族ども！　こんな状況で一体何ができると！」

「何もできないから罪なのです！　王が無能を嘆いたところで、王家を頼る国民達が救えましょうか!?」

　ヴェロニア王はミスフィアの糾弾に、がっくりとうなだれた。

「ならば、やることは分かっておるのだろう？」

「はい」

　ヴェロニア王はゲイゼリクを、次代のヴェロニア王を見る。

「ゲイゼリク。お主は余と違って力も知恵も、そして勇気もある」

「…………」

「余からお主に言えることは唯一つ……容赦はするな」

「なんだと？」

「王族を1人でも残せば、必ず血を錦の御旗に掲げ、新王家に牙を剝く者が現れる。王を継ぐからには、容赦をしてはならぬ。慈悲は復讐に、寛容は血に、王とはそういうものだ」

　ヴェロニア王は剣を抜くと自分の喉に当てる。

「ゲイゼリク、お主が『帝王』の加護を持つというのは本当か？」

「ああ、本当だ」

「ならばこれは必然だな。羨ましいものだ。余の加護を知っているか？」

「いや知らん、ミスフィアも知らないと言っていたな」

「喧伝することではないからのう。知っているのはほんの少数だった。余の加護は『薬師』だ。王の人生など、もとより不相応だったのだ……余は、王などではなく、ただ小さな店で薬を売って暮らすような、そんな人生を送りたかったぞ」

ヴェロニア王は寂しそうに笑うと、目をつぶり喉に当てた剣を一気に突き入れた。

側近達が悲鳴を上げる。ゲイゼリクは僅かな間目を閉じ、死んだ王に敬意を示すと、王の訓戒通りに、容赦なく生き残り達を殲滅していった。

＊　　＊　　＊

「だけど私達はレオノールを殺せなかった」

「もう1人のヴェロニア王妃のレオノールか」

レオノール王妃のことは俺も知っている。嫌な記憶が蘇った。

「レッド？」

「いや、なんでも無い」

俺の表情が曇ったことに気がついたのか、リットが心配そうに言った。

俺は首を横に振って、ミストームさんに話の続きを促す。

ミストームさんのことは信頼しているが、ここで俺がレオノール王妃と会ったことがあることを言う必要はないだろう。

「私の妹……レオノールは真っ先に夫のピエトロをゲイゼリクに差し出し恭順を申し出た。ここで降伏してきた相手を殺したら、残った貴族はどう思うか？　降伏しても許してもらえないなら徹底抗戦を選ぶしか無いだろう。私達の兵力はすべての貴族を圧倒していたけれど、戦いが長引くと他国に介入される危険があった。いち早く王国の混乱を収めたい私達は彼女を修道院に送るしか無かったんだ」

ミストームは苦笑した。

「最善はおそらく、事が終わったら修道院で大人しくしていたレオノールを暗殺しておくべきだったんだろうね。私は甘く、父上は正しかった。最終的に私は追い出され、レオノールがゲイゼリク王の王妃の座についたんだから」

「でも！　ゲイゼリクとミストームさんは利害だけじゃなくて恋愛感情もあったんでしょ？　ゲイゼリクはミストームさんを愛していたんじゃないの!?」

リットが納得できないと抗議する。

ミストームさんは首を横に振った。

「ゲイゼリクの加護は『帝王』。その役割は王であること。王になって終わりじゃない、王であり続けなければならなかった……そのためには、ゲイゼリクとヴェロニア王家の血を引く王子の存在が必要だった。ゲイゼリクは海賊あがりの成り上がりものだけど、その権力を受け継ぐのは正統な王家の者だって証がね」

「じゃあミストームさんは……」

「三度死産したよ。あの時ばかりは参ったね……泣かない我が子を見るのは耐えられなかった」

リットは悲しそうな顔をした。

……いや、待て！　俺は声を上げた。

「サリウス王子はミストームさんの子じゃないのか？　サリウス王子の王位継承順位が下がったのは、母親であるミストームさんが行方不明になったという理由だろう」

「……そこが、今になってゾルタンを巻き込んでしまった問題であり、私とリンララの大罪だ」

「まさか、サリウス王子は」

「ああ、私の子じゃない。三度目の死産のとき、リリンララがどこからか連れてきた子だ。ゲイゼリクと同じ色の髪、同じ色の目をした赤子だった」

サリウス王子はゲイゼリク王の子じゃない。

この情報はまさしくヴェロニア王国を揺るがすとんでもない爆弾だ。

「その時すでにゲイゼリクはレオノールを側室として迎え入れていた、王家の血を引く王子がどうしても必要だったんだよ。もしレオノールが先に懐妊してしまうと、私やリリンララのような海賊時代からの派閥はまずい状況になるところだった」

「それでリリンララはゲイゼリクを裏切ったのね」

ヤランドララは憮然(ぶぜん)とした表情で言った。

信頼を裏切ることはハイエルフにとって何より恥ずべきことだ。

ヤランドララはリリンララの行動が納得できないようだった。

「他に選択肢は無かったんだ」

「しばらく見ない間に、リリンララはハイエルフであることを忘れてしまったみたいね。やっぱり海賊やってたときに討伐しておくべきだったわ」

ヤランドララは吐き捨てるように言った。

彼女は猛烈に怒っている。

「ヤランドララの気持ちも分かるが……リリンララの船へ突撃したりしないでくれよ？」

「むむむ」

俺の忠告にヤランドララは腕を組んで唸(うな)る。

「いや本当に頼むよ！」

割と本気でリリンララのところへ向かうことを考えているようだ……危ない。

「私は薄情者のゲイゼリク王が許せないかな！」

今度はリットが怒り出した。

「いくら衝動が強力だからって、よりにもよってミストームさんの仇敵に手を出すなんて！」

「リットの気持ちも分かるけど、それをミストームさんに言っても仕方ないだろう」

「私だったらレッド以外考えられないのに」

いきなり言われて今度は俺が困る番だった。

「ええ、こほん、話を戻そう」

「あはは、そうだね、話を戻そうか」

ミストームさんはそんな俺の様子を見て笑っていた。

今話しているのは辛い経験のはずだが、ミストームさんの表情に陰はない。

ゾルタンでの時間がヴェロニアのことを思い出にしたのだろう。

「と言っても、サリウス王子とリリンララの立場という一番肝心なところは話したからね。あとはそうだねぇ」

「王子をすり替えたおかげで、ミストームさん達の立場は守られたはずだ。でもミストームさんはヴェロニアを離れてしまった」

「どこから嗅ぎつけられたのか分からないけど、レオノールにサリウス王子のことを知っているとと脅されたんだ。あの時は私も心底参っていたし……なにより私やリリンララが処刑されるのは仕方ないと諦められるけど、サリウス王子に罪はないだろう。王になれないとしても、あの子には平和に生きてほしかったんだ」

「それでレオノールの要求を呑んだのか」

「ああ、何も言わずにヴェロニアを出ていく。そうすればレオノールは側室から正妻へと繰り上がり、レオノールの子達が王位を継ぐことになる、そういうわけさ」

それでミストームさんはヴェロニアを出て、辺境ゾルタンへと移り住んだ。

彼女もまた追放されてきた者だったのだ。

「なるほど、事件の全容も分かってきた」

ミストームさんの人生に対して思うことはあるが、まずは今の問題に戻ろう。

サリウス王子とヴェロニア海軍が捜しているのはミストームさんに間違いない。

教徒台帳で45年前あたりに移住してきた『アークメイジ』を特定する。ミストームさんの加護『アークメイジ』は希少な最上位加護でゾルタンにミストームさん1人しかいない。

サリウス王子の目的はミストームさんを見つけ、ヴェロニアに連れて帰ることで王位継承順位をあげようということだろう。

危ない橋だが、サリウス王子が王位につくためにはそうするしかない。

「だが、サリウス王子の部下であるリリンララの目的は違うはずだ」

リリンララはミストームさんがヴェロニアに戻ってくることを望んでいない。

サリウス王子とミストームさんが接触する前に、ミストームさんを排除したいと思っている。

「リリンララはミストームさんが戻ってくることで、レオノール王妃がサリウス王子の真実を明らかにすることを恐れているのではないかな」

「私もそう思うよ、確証はないけれどね」

「行方不明になった王妃を捜していると知られずに発見するため、教徒台帳を教会から提供してもらう。もっともらしい方法だが、ゾルタンで『アークメイジ』のミストームさんは有名人だ。下調べを行う段階で簡単に見つかったはずだ」

リットも頷いた。

「確かに。人に聞かなくても書類を調べるだけで分かる情報だもんね」

「状況を整理しよう。ミストームさんがゾルタンにいるらしいという情報を得た王子は、ミストームさんを見つけるようリリンララに命じた。だけどリリンララは焦った、ミストームさんの存在は王子とリリンララを破滅させる急所なんだから」

それで、リリンララはわざと遠回りする方法を取った。

「時間を稼いでいる間にはぐれアサシンを使ってミストームさんを始末しようとしたわけだ」

「そう考えれば、それぞれの出来事に辻褄があうね」

俺の言葉を聞いてミストームさんは感心したように首を振った。

「大したもんだ。あんたがこれからもゾルタンにいてくれるのなら、私も安心して引退できるってもんだね」

俺は思わず口元が緩んだ。

それはルーティも言われた言葉だった。

なんだか俺もルーティの隣に並べたような気がして……照れてしまった。

「さて、これからだが」

「うん」

「あとはルーティに報告して俺のこっちの仕事は終わりだな」

俺の仕事は事件を解決することじゃない。あとはルーティに任せれば大丈夫だろう。

「あはは、なるほどこりゃ私より大物だ」

ミストームさんはそう言って笑った。

「私はなんでも自分で解決しようって市長だったからね。レッドみたいなのがいるなら、次のゾルタンはもっと良い国になる」

「俺は市長を目指すつもりはないぞ」

「市長にならなくてもいいさ。自分の住んでいる場所で、自分の良いと思ったことをするだけで。みんながそうすれば上手(うま)くいく。頭じゃ分かってるんだが、私はどうもお節介を焼けるだけ焼いてしまった」

ミストームさんは自分の市長としての方針に反省があるようだった。

「だから！　あんた達はそのままでいい、そのやり方でいい。私はあんた達が作るゾルタンの未来が楽しみなんだよ」

ミストームさんは上機嫌で言った。

だが、その言葉の裏にあるものにも、俺とリットは気がついている。

もう自分がいなくてもゾルタンは大丈夫……だからミストームさんは、最悪の状況になるようなら自分からリリンララのところへ行こうと考えている。

「それは嫌だよね」

リットが小声で俺に言った。

「ああ、そうだな」

俺も迷わず頷き返す。ゾルタンのためにミストームさんが犠牲になるなど、俺達のスローライフにあってはならないことだ。

「さて、ミストームさんに関する話はこれで終わり。今度は俺とリットの本来の目的を果たそう」

気を取り直すように俺は少し大きめの声で言った。

「本来の目的？」

ヤランドララが首をかしげる。

色々あって忘れそうになっていたが……俺達はヤランドララにヤシの実の採取について聞きに来たのだ。

「実は相談したいことがあるんだ」

俺はヤランドララに事情を話し始めた。

ミストームさんは、笑みを浮かべ嬉しそうに俺達の話を聞いていた。

＊　　＊　　＊

話し合いは終わり、各自休憩となった。

外はもう夕暮れ時で、今晩はここに泊まり明日の朝ゾルタンに帰る予定だ。

戦いで色々焦げてしまったミストームさんの家を、ティセとうげうげさんが村の老人達と協力して掃除している。

「しかしレオノール王妃かぁ」

客室でリットと一緒に休憩していた俺はボソリとつぶやいた。

「ヴェロニア王妃レオノールねぇ。色々悪い噂はあるけれど」

「ヴェロニア王国親魔王軍派の中心人物で、アヴァロニア王国では人類の敵と呼ぶ貴族もいたな」

「人類の敵ねぇ……魔王軍とヴェロニア王国の中立不可侵条約を結んだ発案者ということで、私の国でもたいそう嫌われてたわ」

「アヴァロニア王国ではとにかく評判が悪かった」

「でも実際のところどうなんだろうね。いや、ミストームさんを追放した悪女ってのは間違いないんだろうけど、どういう悪なのかなって」

「うーん、そうだなぁ」

俺は昔を思い出して苦い顔をした。

「レッド、もしかしてレオノール王妃と会ったことあるの？」

俺の表情を見てリットは、気がついたように言う。

「ああ、まだ騎士に昇格する前、従士だったころにな」

レオノール王妃の姿を見た他国の人間は少ない。

外交の場には出てこず、自国の貴族への対応を重視しているタイプの王妃だった。

リリンララが海軍のトップなら、レオノール王妃は領地を持つ封臣達のトップと表現すれば一番イメージが近いだろうか。

6年ほど前、俺は上司の老騎士と一緒にヴェロニア王国へ赴いた。

任務は外交と調査。

当時、両国の紛争が一段落つき、和睦に向けて動いていたところだった。

ヴェロニア王国の外交官も和睦する方向で動いており、上司が交渉し、俺がその間にヴェロニア側の状況を調べ報告する。

順調に調査を進めていたときに、俺はレオノール王妃に出くわした。

「レオノール王妃は人形のような少女の姿をしていた。10代半ばくらいにしか見えなかったよ」

「ええっ⁉　だって王妃はミストームさんの妹なのよ！　70歳近い老齢のはず」

「魔法や錬金術で身体を弄くり回して、外見を固定してるんだろう。高価な魔法の材料を湯水のように消費するらしいけど」

そのレシピはある錬金術師一派に伝わる秘奥らしい。俺も詳しくは知らない知識だ。

「レオノール王妃は身分を隠して俺に近づき、俺をヴェロニア側に引き抜こうとしたんだ、もちろん断ったんだけど」

「けど？」

「王妃が怒ってね。自分の正体を明かすと、和睦するはずだった流れをぶち壊してアヴァロニア王国に奇襲しようと軍を動かしたんだよ」

「王妃が怒ったくらいで外交をひっくり返したの⁉」

「しかも俺と上司の騎士は捕らえられ処刑されそうになった」

「ええっ⁉　外交に来た騎士を処刑しちゃっていいの⁉　小さな紛争どころじゃなくなるよ!!」

「焦ったよ。俺も上司もここで殺されたら全面戦争になりかねないと、必死になって脱出したんだ。本当、酷い目にあった」

「アヴァロニアとヴェロニアで全面戦争が起きていたら、魔王軍が来た時あっという間に人間の王国は滅んでいたかも」

「後で知ったんだが、リリンララが国境ギリギリで軍を退かせたんだとさ。ただそれもレオノールは、リリンララは老いて臆病な海賊元帥になってしまったと国内に流布して自分の立場の強化に使ったようだ」

「うーん、優秀なのか馬鹿なのか判断つかない王妃だわ」

リットも王族だ。それも軍国ロガーヴィア公国のお姫様であり、周辺諸国との問題はよく知るところだろう。

だからこそ、リットは戦争に段階があることを理解している。お互いに妥協できなくなるラインを越えない戦争で済まさなければならないと分かっている。

リットからすれば、自分1人のヒステリーのためにそのラインを越えようとしたレオノールは、国に害をなす愚かな王妃となるのだろう。

「まぁレオノール王妃がゾルタンに来なくてよかった。俺の正体を知っているし、あの王妃は苦手な相手だ」

「レッドでも苦手な敵がいるんだ」

「そりゃいるさ。でもあの時は見習い騎士だったからな……今ならもうちょっと上手くやれる」

「レッドのその話、あとで詳しく聞きたい！」

「ゾルタンに帰って一段落したら話すよ」

騎士時代の話は、そういえばあんまりリットにしたことなかったな、今度ゆっくり話すのもいいかもしれない。さて、俺はもう一働きするか。

俺は薬の入った鞄を持って立ち上がった。

「レッド、どこに行くの？」

「この集落の人達を見ていたらちょっと気になってね」

「あー、なるほど、ここ隠れ里みたいなものだものね」

リットはそう言いながら立ち上がり、俺の隣に来た。

「じゃあ私はこれからドクター・レッドの助手のリットだよ」

「はは、俺はドクターじゃないぞ」

「細かいことはいいの！」

一緒に来てくれるようだ。ニッと俺に向けてリットは笑う。

俺もその可愛い顔を見て笑い返した。

＊　＊　＊

ティセに一言伝えて俺達は外に出た。２人並んで集落を歩くと、気の早い夜鳥の鳴き声が聞こえてくる。俺は目当ての家のドアを叩いた。

「はいはい」

ドアを開けたのは、村を歩いた時に見かけたお婆さんだ。

「おや、あんたはお嬢の客人じゃないかい、騒動があったみたいだけど大丈夫かい？」

「ああ、こちらは大丈夫。それよりお婆さん、左目が悪いんじゃないか？」

お婆さんは左目を押さえて苦笑した。

「よう見とるね。まぁ私も歳だから」

「俺の本業は薬草店の店主なんだ。その目の薬も手持ちにあるんだ」

「そりゃ嬉しいけど、この目はお嬢の魔法でも治らなかったんだ。薬なんかで治るもんなの？」

「薬だから治るんだ」

魔法による治療は便利だが、病気の原因を取り除くという効果なのだ。つまり病原菌は取り除けても、病原菌によって破壊された内臓を治癒したりはできない。

以前、タンタの白眼病の時に焦ったのも、病気による失明を治療するには、病気を除去した後、治癒ではなく再生の魔法が必要だ。だがそんな魔法を使える術者は滅多にいない。

『アークメイジ』も病気の除去はできるが、再生の魔法は使えなかったはずだ。

だが、薬は違う。薬草と〝錬金術〟を組み合わせて作った薬なら、病気によって機能不全に陥るほど破壊された身体でも、時間はかかるがある程度回復させることができる。

「お婆さんの目は神経が傷んでるんだと思う。視界が狭くなってるんだろ？」

リットが鞄から薬の入った小瓶を取り出した。

俺はそれを受け取ると、お婆さんに見せる。

「この目薬を使えば、症状をある程度改善し、今後の症状の進行を遅らせることができるはずだ。完治は無理だけど、あと10年くらいは普通の人と同じくらいのものが見えるようになる」

お婆さんは「ほぉ」と小さく声を漏らした。

「立ち話もなんだな、中に入ってちょうだい」

お婆さんはそう言って、俺を中へと招き入れた。

＊　　＊　　＊

「2人とも丁寧な説明ありがとう、そいつを買わせていただくよ」

薬について詳しい説明を受けたお婆さんは、頷（うなず）くと俺の渡した薬を手にし、40枚のクオーターペリル銀貨を返した。

「無くなる頃にまた持ってくるから、良かったら買ってくれ」

「そりゃありがたい。ここには行商もこないから、森で作れない物はお嬢に買ってきてもらうしかなくてねぇ」

「この集落に医者はいないの？」

リットの言葉にお婆さんは首を横に振った。

「ルイっていう名の船医の爺（じい）さまが昔はいたけどね……今は来世で新しい海に出てるだろうさ」

「そっか」

「そうだ、せっかくだから他のやつも見ていってくれない？　爺さんと婆さんしかおらんから、みんなどこかしらガタがきとるんだ」

「ああ、これから見に行くつもりだったんだ。それに今後は月に1回くらい薬を持って売りに来るよ」

「だったらここに人を集めたほうが早いかね。でも寝たきりの人もいるから、終わった後で診てもらえると嬉しいのだけど」

「分かった、せっかくの機会なんだ。全員診させてもらうよ」

それから俺は住人達を診て、手持ちの薬を売ったり、次に来る時に持ってくる薬の注文を受けたりしたのだった。

＊　　＊　　＊

身体を悪くして動けない住人のため往診のようなこともやったので、結構な時間がかかってしまった。

「リットが手伝ってくれて助かったよ。知識はあるつもりだったし、怪我人の看護は経験あったけど、老人の不調への対処はまた違った難しさがあるな」

「うーん、でも私、レッドに言われた通りにやってただけだよ？　私なんて冒険者としての応急処置くらいの知識しかないし」

「助手がいてくれたおかげで考えることに専念できたんだ、ありがとうリット」

「えへへ」

「苦労した分、かなりの薬が売れたな。集落1つを薬草店1つで引き受けるんだから、売り上げとしてはなかなかのものになるよ」

良い取引先が出来たと、俺とリットはホクホク顔だ。

「最初、私が試算した売り上げのこと憶えてる？」

一緒に歩いていた時、リットが不意にそう言った。

「もちろん、ゾルタンでリットと再会した大切な日のことだからね」

「……あれからレッド&リット薬草店の売り上げは私の予想よりずっとすごい数字を出している。やっぱりレッドはすごいよ」

「いいや、いつだってリットがいてくれたからだよ。俺1人じゃ上手くいかなかった」

今回だって、リットがいなければ俺はゾルタンで油が不足することをどうにかしようと思わなかっただろう。

リットが一緒にいて導いてくれるからこそ、俺はここにいるんだ。

「ありがとうレッド。あなたの力になれているのなら嬉しい」

「どうすればリットにお返しできるか、俺はいつも悩んでるくらいだよ」

「私があなたのリットでいられるなら、それで何もかも満ち足りてる」

と、そんなことをささやきあいながら、肩を寄せ合って歩いていると、ミストームさんの家の前にシエン司教が立っているのが見えてきた。

「ご苦労さまです、レッド君、リットさん」

「シエン司教」

シエン司教は温和そうな笑みを浮かべ、俺達を出迎える。

「傷はもう大丈夫なのか？」

「やはり少しだるさが残りますね。昔のような無茶はできないようです」

シエン司教は苦笑している。

「お2人は集落の方々を診てくれたのですね、助かりました」

ゾルタン教会のトップであるシエン司教は、ただの薬屋である俺達に深々と頭を下げた。

突然のことに俺は驚いて、言葉に詰まった。

頭を上げたシエン司教は嬉しそうに言葉を続ける。

「ミストームの秘密を考えると、ここの存在を他の人に伝えるわけにもいきませんので、かつてゾルタンを救った英雄達である彼らにはずいぶん不便な思いをさせてきたと、心苦しく思っていたのですよ。本当にありがとうございます」

「彼らはミストームさんと一緒に来たヴェロニアの海賊だな」

「ええ、陰ながらゾルタンを守ってきた英雄達です」

ミストームさんがゲイゼリクと共に海賊をしていた頃の仲間か。ヴェロニアにいられなくなったミストームさんのためにすべてを捨てて今日までミストームさんに付いてきたのだろう。

「慕われてたんだな」

「それはもう。そこら中に得体のしれないカビが生えていて衛生環境劣悪だった船を、ミストームがゲイゼリクや船員達の尻を蹴り上げ掃除させたり、長い航海で必要な栄養について色々な資料を読んで勉強し、コックと一緒に料理をしたりと、大活躍だったそうで。あの方々はお酒の席になると、いつもお嬢は最高の船長だったと言うんです」

俺は宮廷暮らしのお姫様だったミスフィアが海の上で今のミストームさんへと変わっていった過程を想像し笑った。そりゃもうカルチャーショックの連続だったろうな。

「しかし、私もそれなりに腕は立つつもりだったのですが……英雄とは意外と身近にいるものですね。一体あなた方は何者なのですか？」

「ただのゾルタンの小さな薬屋店の店主と、薬草農家駆け出しの妹だよ」

「聞くのは野暮でしたね。これは失礼を」

シエン司教は、両手を合わせ目をつぶる。

「ですが、この窮地にあなた達がゾルタンにいることはデミス様のご加護があったとしか思えません。感謝しなくては」

デミス様のご加護ね……。

これが神様のご意思だというのなら、ひねくれた神意もあったものだと、俺は密かに苦笑する。だが分かっている。これは神の意思なんかではない。
俺やルーティ、リットやティセ。
すべて人の意思があったからこそ、この今があるのだ。

第五章　狼リットと夜空の月

翌日。

俺達はミストームさんの住んでいる集落を後にした。

走竜が3頭いなくなったので、残りの1頭にシエン司教が、リットが召喚した精霊大狼(スピリットダイアウルフ)にリットとティセが乗り、俺は走って行くことにした。

本気で走っている姿は人に見られたくないが、そこはリットがまた〝アスペクトオブウルフ〟を使い、狼の知覚能力を得て周囲を警戒しているから問題なかった。

俺達は午前中にゾルタンへたどり着き、家に戻り、汚れた服を着替え、それからルーティの所へ向かう。

「お帰りお兄ちゃん」

なぜかルーティは市長の椅子に座っていた。

本物の市長であるトーネドは左にある秘書が座るはずの席に座り、書類仕事を黙々とこなしている。

一体何が……。

「いちいちルールさんの指示を仰ぐことが多くてね。それならば先にルールさんが処理して、私が確認するという方式の方が具合いいんだよ」

トーネド市長は笑顔でそう言った。

「だからって市長の席まで替わらなくても」

「この建物は市長の席を中心に人が動くよう設計されている。この秘書の席と市長の席は僅(わず)かな距離だが、私が今座るのは合理的ではない」

市長は書類を集めて席を立った。

「報告の内容は私も聞いていいものかね？　問題がありそうなら席を外すが」

「市長もここにいて報告を聞いて欲しい」

ルーティが市長を呼び止めた。

「そうか、ならば私も同席しよう」

そう言って市長は席に座る。

市長はルーティが動きやすいように配慮しているが、だからといってルーティに丸投げしているわけでもないようだ。

どうするのが最善か考え続けていながらルーティの役割を強化している。

俺はトーネド市長の評価を大きく上げていた。

市長の政治家としての能力は、決してサリウス王子やリリンララより優秀ではない。

だが、市長は自分にできることとできないことに正直で、それを自覚しながらそれでも考えることを止めない。

この局面でルーティがゾルタンにいることと同じくらい、トーネドが市長であることは幸運だったと、俺は思う。

ルーティも俺と同じように市長を評価しているようだ。

ゾルタンは辺境で軍事力も経済力もなにもない国だが、ここにだって色んな人達がいる。

「サリウス王子が捜していたのはミストームさんで……」

リットがルーティと市長に報告している。

ルーティは静かな顔で頷き、市長の顔は赤くなったり青くなったりと驚いていた。

市長は額に浮かんだ汗をハンカチでしきりに拭っている。

やはり頼りない印象はある。だけど市長は最後まで逃げ出さず話を聞いていた。

強い人が逃げないのは当然。だが、市長は辺境の政治家でしかない。彼の力の届かない戦いに巻き込まれているようなものなのに、彼は踏みとどまって考えている。

ゾルタンはいい町だ、あらためて俺はこの町を選んで良かったと思っていた。

「お兄ちゃんはどうすればいいと思う？」

報告を聞き終わった後、ルーティが俺に言った。

「そうだな……ゾルタンとミストームさんを守るとなると、リリンララと交渉するのがいいと思う」

「うん、私もそう思う。ヴェロニア王国にミストームさんを連行するという王子の目的とは相容(い)れないけど、リリンララの目的はサリウス王子とミストームさんを引き合わせないこと」

「上手(うま)くいけば、どちらにも被害を出さず達成することができるはずだな」

「でもすぐに動くことも難しい。秘密がバレたとなればリリンララは関係者全員を消す方向に動く」

「その可能性は高いな……だからしばらくは静観でいいんじゃないかな」

「はぐれアサシンと部下を失い、リリンララは焦っている。次も向こうから仕掛けてくる」

「打ってくるなら打たせてやれ、だね」

リットが言った。

打たれることを嫌がるな、打たれて勝つ心を持て……剣の心得の1つだ。

「ミストームさんの存在はゾルタンにとって弱点じゃない、逆だ。サリウス王子もリリンララもミストームさんの存在に縛られている。だから待っていれば向こうから隙を見せてくるさ」

「うん、それでいこう」

俺の言葉に、ルーティは同じ考えだったと嬉しそうにうなずく。

「……そうか、ミストーム師を渡すことはないのか……良かった」

ルーティの結論を聞いて、トーネド市長がボソリとつぶやいた。

その言葉は安心と、この場にいる誰よりも喜びに満ちていた。

やはり、ここはいい町だ。

＊　＊　＊

翌日、早朝。ルーティは緊急事態だと慌てた様子で俺を呼びに来た。

俺はすぐに着替えて、ルーティと一緒に走る。

向かったのはルーティの薬草農園。

「レッドさん」

温室のそばでティセが手を振っている。だが楽しい状況でないことは、ティセの目を見れば分かる。俺とルーティはすぐに温室へと向かった。

「お兄ちゃん、どうしよう……」

ルーティが不安そうに俺の袖を摑む。そこには『勇者』として完全無欠の精神を強制されていた少女の姿はない。

　ここにいるルーティは、目の前の光景に心を痛める当たり前の少女だった。

「ふむ」

　俺は地面に力なく横たわる灰色ヒトデ草の小さな芽を観察する。

　ここはルーティの薬草農園のうち、灰色ヒトデ草を植えた温室の一角だ。

　灰色ヒトデ草の芽は弱っている。本来ならば根をしっかりと地面に伸ばし、芽は真っ直ぐ飛び出していなければならない。

　だが、今は萎(しお)れてしまっていた。

「どうして？」

「カビだ」

　ルーティの質問に、俺は土をスコップで掬(すく)って見せる。

　よく見ると、地面から数センチの部分の土が黄色く変色しているのが分かるだろう。

「色が変わってる」

　ルーティとティセはじっと、スコップに載った土を見た。

「コールドモルド(冷気カビ)だ。周囲の熱を栄養として吸収するカビだよ」

「それなら洞窟や遺跡で見たことある、でももっと大きかった」

「冒険で問題になるのは大繁殖したコロニーだけだからな」

　コールドモルドは、大陸中で見られるカビの一種だ。

周囲の熱を吸収することで繁殖する性質がある特殊なカビで、直径1メートルを超えるようなコロニーの場合、半径10メートルほどのテリトリーに侵入した熱源……大抵は生物から急速に熱を奪う。

その威力は加護レベルの低い人間程度なら、30秒ほどで昏倒させるほどの凄まじいものだ。

激しい寒気を感じるため、大抵の場合はすぐに離れて身体を温めれば問題にならないが、出血して体力が落ちている状況などだと致命傷になることもある。

「人が暮らす場所で、そんなコロニーにまで成長することはほとんど無いけれど、こうして温かい土の中に僅かな数が繁殖することがあるんだ」

このコールドモルドが土の温度を下げ、ルーティの灰色ヒトデ草の芽をこんな状態にしてしまったのだ。

「なんでコールドモルドが……」

「土の中に潜んでいたんだろうな。普通なら冬の間に数が問題にならない量まで減少するところだったんだろうが、温室を建てたことで繁殖してしまったんだと思う」

運が悪かったというべきか。

だが農地の利用法を変える時には、予期せぬ問題が少なからず起こるものだ。

最初の1年目にはまだまだ多くの問題が起こるだろう。

「…………」

ルーティは悲しそうにうなだれていた。

「さて、ルーティがすぐに気がついてくれたから、まだ対策が間に合いそうだ」

「対策？　助けられるの？」

「ああ、危ないところだったけどな」

コールドモルドは厄介者だが、見たところ繁殖している量は多くない。それに直接植物に寄生して問題を引き起こすタイプのカビに比べたら、コールドモルドを駆除して土の温度を上げてやれば、作物は正常に戻る。

今朝の段階でルーティが発見し、すぐに俺のところへ報告に来てくれたおかげで今から対応すれば間に合うだろう。

「善は急げだ、コールドモルドを駆除する薬を用意しよう」

「うん！」

農園の方はティセに任せ、俺とルーティはすぐさま必要なものを買いに行った。

＊　　＊　　＊

何回かに分けて水に溶かした薬を散布し、土の中の様子を調べる。

経過は順調。もともとコールドモルドはそれほど生命力のあるカビではないので、明日の朝にはすべて駆除できるだろう。

「明日、土の中からコールドモルドがいなくなったのを確認したら、土の上に目の荒い布をかぶせて土の温度をあげるんだ」

「わかった」

ルーティは胸の前でぐっと両手の拳を握って答える。その顔には強い決意があった。この小さな薬草の芽を、ルーティは救いたいのだろう。

皮肉なことに、ルーティが『勇者』だったころには無かった感情だ。

「よく気がついたな」

「うん」

俺はついルーティの頭を撫でようと手を伸ばし、

「おっと」

途中で止めた。

さっきまで農作業をしていた俺の手は土で汚れている。この手でルーティの綺麗な青い髪に触れるわけにはいかない。

「む」

ルーティは俺の手が止まったのを見て、口をとがらせた。

そして自分の両手を俺の手に添えると、引っ張って俺の手のひらをポンと頭の上に載せる。

「この後お風呂に入るから大丈夫」

「汚れるぞ？」

そう言って、ルーティは俺の手のひらの感触を確かめるようにグリグリと頭を押し付ける。

俺は思わず笑ってしまった。

「分かったよ。よく頑張ったな、ルーティはいつだって俺の自慢の妹だ」

俺はそう言ってルーティの頭をあまり汚れがつかないよう、控えめに撫でる。

「うん、お兄ちゃんの自慢の妹だよ」

ルーティは口の端を僅（わず）かに持ち上げ、嬉しそうに笑う。

妹の可愛い仕草を見て、ぎゅっと抱きしめたくなる衝動に駆られるが、ここはぐっと我慢だ。

＊　＊　＊

温室を出ると、他の薬草の手入れを終えたティセが座ってうげうげさんに餌の虫を上げているところだった。

「お疲れ様です……大丈夫ですか？」

「ああ、気づいたのがすぐだったからな。いくつかの芽はダメになるかもしれないが、大半は持ち直すだろう」

「良かった」

ティセはホッと息を吐いた。

うげうげさんも安心したように脚を広げ、ペタリとお腹を地面につけ脱力している。

その様子を見て、俺も笑みをこぼした。

「うげうげさん、コールドモルドの繁殖に気がつけなかったことを気にしているみたいで。土の上を歩けばすぐに気がつけたのにって」

ティセの言葉の通り、うげうげさんはうつむいている。ちょっと悲しそうだ。

「なるほど、今度からはうげうげさんにも農園管理を手伝ってもらったほうがいいな」

確かに、うげうげさんほど土の様子を身近に感じられる農家はそういないだろう。

俺の言葉に、うげうげさんは立ち上がると、頑張るぞーとでも宣言するように前脚を振り上げていた。

「レッドさん」

ティセは立ち上がると、俺の目を真っ直ぐに見つめた。

「あなた達と出会う前は、私がこうして穏やかに土いじりをする日常を送るとは思ってもみませんでした。昔の私なら敵の船がすぐ近くにいるのに、こんな時間を送る余裕なんて持てなかったでしょう。さくっとサリウス王子を暗殺していたかもしれません」

冗談のように言うが、多分ティセが本気になればたやすいことなのだろう。

ティセはいつもの微表情のまま、少しだけ目を細める。

「私は今が楽しいです」

「そっか」

いつもの微表情の中に浮かぶ優しい笑顔を見て、俺も一緒になって笑ったのだった。

ティセも大切な友達だ。

*　　　*　　　*

昼になり、お店のことはしばらくリットに任せてヤランドララのところへ向かった。

「レッド！」

ヤランドララは遠くに俺の姿を見て手を振ったり……はせず真っ直ぐ走ってきた。

「来てくれたのね！」

飛びつく勢いで抱きつかれた。

俺はヤランドララの身体を支えながら苦笑する。

「ちっ、レッドの野郎……」

周りの作業員がなんか怖い目で見ている！

違うんだ、ハイエルフは仲良くなるとスキンシップが過剰になるだけで、決してやましい関係じゃなくて……。

俺の心の声は、誰にも届くこと無くゾルタンの空に消えていった。

俺はヤランドララをやっと引き剝がすと、ようやく周りの様子を見る。

「ヤシの木の様子はどうだ？」

ヤランドララは胸を張って答える。

「大丈夫、どの木も活力でいっぱいよ。数ヶ月分の油を作るだけのヤシの実は採れるわ。ゾルタンの人達はサボり癖はあってもこちらの指示を疑ったりしないから、木の世話のやり方も素直に実行してるみたい。その点でも問題なし！」

「良かった！　ありがとうヤランドララ！」

「どういたしまして、レッドの力になれたなら嬉しいわ！」

油の材料となるヤシの実の採取とヤシの木の世話について、ヤランドララの知識と技術はやはり中央の植物学者より豊富で正確だった。

どの木からどれくらいの量を採ればいいかを調べ、誰が見ても分かる計画表を書き上げたのだ。

「ふふふ」

ヤランドララは嬉しそうに笑う。

「あなたが戦いも冒険も関係なく、ただ植物のお世話の仕方について聞いてきたのは初めてよ」

「ゾルタンに来るまで、俺はずっと戦っていたから」

「嬉しいわ、本当に嬉しい。私はずっとレッドと一緒に草木を育ててみたかったの」

ヤランドララは俺の首に腕を回した。

目の前にいるヤランドララの瞳(ひとみ)が俺を覗(のぞ)き込んで微笑む。

「リリンララの件が片付いたら、今度は一緒に花を育てましょう。あなたと一緒に育てた花は、きっとキレイな花を咲かせるわ」

ヤランドララはそう言って俺の頬にキスをすると、作業者達の所へ戻っていった。

「花を育てるか。ヤランドララもゾルタンが気に入ってるんじゃないか」

俺はヤランドララの背中を見ながら笑った。

……周りの視線が怖いので、俺は精油所へ移動することにした。

精油所と言っても、日差しを防ぐ屋根だけ作ったあずまやだ。

吹きさらしの中、作業者達がゴリゴリとヤシの実から油を抽出している。

こちらのレシピは俺が考案したものなので、見て回るついでに何人かにアドバイスもした。

「こちらも大きな問題は無さそうだな」

一通り見て回ったが、みな真面目に働いている。

冬の寒空の下だというのに、ゾルタン人らしからぬ真面目さだ。

「普段もこれだけ真面目なら……いやでもそれはそれで息が詰まるか」

「ええ、私もそう思います」

俺の言葉に同意する声がした。振り向くと、商人ギルドで話した商人がいた。

どうやらギルドから視察のために派遣されてきたようだ。

「ここも操業開始したばかりですから。仕事が新鮮なうちは皆さん真面目に働くでしょうが、1ヶ月もすれば慣れて手を抜くことを憶えるでしょうね」

「はは、困ったもんだ……ゾルタンらしい」

差し出された商人の手を、俺は握った。

「すでに何十樽かを流通させてみましたが好評です。魚油のような臭いもないので、今後はこちらを納品して欲しいという方もいましたよ」

「そりゃ良かった」

「これで、もしヴェロニアとの問題が長引いても物資は問題にならないでしょう。流通が止まることは商人達にとって死活問題です。しかし、それも売るものさえあれば解決する」

「収入はどうしても下がるだろうけどな」

「そこはギルドからの補助金でなんとか廃業せずにすむよう調整します」

今回の騒動で一番ダメージを受けているはずなのに商人の顔は明るい。

「これもレッドさんとリットさんのおかげです、感謝しています」

それはギデオンとして身につけた剣に対してではなく、純粋にゾルタンの薬屋レッドへの感謝だった。

それがなんだか、俺はとても嬉しく感じていた。

*　　　*　　　*

その後、俺は店へと戻った。

客がまばらにやってきて、世間話もしながらのんびり薬を売る。

ヴェロニアの軍船に怯(おび)えつつも、ゾルタン人の「明日になればなんとかなる」という怠惰な気質のおかげか人々は普段どおりの生活を営んでいるようだ。

夕方に店を閉め、やってきたルーティ、ティセ、ヤランドララと一緒に夕食を楽しみ、3人が帰った後はリットと一緒にお風呂に入って体を洗う。

ゆっくり湯船につかって体を温め、お風呂から出るとリットが髪を整えている間にホットミルクの準備をする。

いつもどおりの幸せな日常だ。

夜も更け、俺は月明かりの下で剣の手入れをしていた。手入れと言っても、鋼の剣と違って俺の銅の剣は錆びにくいので普段は布で拭くだけでも十分だ。

「新しく買ったばかりなのに、もう傷ついている」

ジェムビーストやはぐれアサシンとの戦いで、俺の剣は随分ダメージを受けていた。

ここ最近は俺でも強敵だと感じる相手との戦いが続いている。

それに騒動はまだ解決していない。

「だけど芯は歪んでないな」

俺はもう少し剣を労ってやりたい気持ちになり、砥石と水の入ったバケツを用意した。

そして粗さの違う砥石2つで刃を磨く。

ティセのショートソードなどは触れれば斬れるほど鋭いが、俺の剣はそこまで鋭い刃ではない。研ぐのも軽くでいい。

大して時間はかかっていない。

最後に水で洗って布でよく拭き取ると、俺は剣を月にかざした。

「お前もまさかあんなやつらと戦わされるとは思っていなかったんだろうなぁ」

新人冒険者に買われ、ゴブリンやレッサースライムなんかと戦うのに使われ、半年もしたらもっと良い剣と交換で下取りにだされ、中古の剣としてまた新人冒険者に買われて最初の相棒として戦う……そんな剣になるはずだったのだろう。

俺は座ったまま、剣を一度振り下ろした。

ビュンと風を切る音がした。

「俺だってもう自分から戦いを探しに行くようなことはしていないんだけどな……それでも、自由なスローライフを目指しているからといって困っている友人のために戦えないのは不自由だ。悪いけど、これからもよろしく頼むよ」

月明かりを鈍く反射する銅の剣に俺はそう言った。

「良かろう。お主が望む戦いのために振るわれるのならば、剣としても本望じゃ」

そう声がした。俺はクスリと笑って答える。

「おお、私の問いに答えるあなたは一体どなたなのですか？」

「フォフォフォ、ワシは銅の剣に宿る精霊じゃ。お主がワシのことを大切にしていることは分かっておる。妹やその親友の少女、ゾルタンの友人達、そしてお主が……愛する者。それらを守るためにワシが役立つのなら思う存分使うがいい」

「ありがとうございます精霊様」

銅の剣の精霊はまた「フォフォフォ」と笑った。

「あとこれだけは言っておく」

「何でしょう？」

俺の背後に立つ、自称銅の剣の精霊はガバッと俺に覆いかぶさるように抱きついた。

「愛する人については自分の欲求に素直になるべし！」

リットはギューッと俺の身体を抱きしめた。

「欲求って……うん？　なんだかいつもと感触が違うな？」

「えへへ」

いつもよりなんというか、モフッとしているような……。

「アスペクトオブウルフを使っているのか！」

「当たりー。レッド、この姿の私に触れたがってたでしょ！　もっと詳細に言えばイチャイチャしたかった！」

リットの頭にはふさふさの狼の耳が。スカートからはモフモフした尻尾が飛び出している。

そういえば尻尾はどうやって下着から出しているんだろう？

シェイプ系の魔法は服が一時的に身体に溶け込む効果もあるが、アスペクト系だと服はそのままだったと思うが……。

もちろんそんなことを聞くのは恥ずかしいが、気になってしまうとどうしても意識してしまう。

「触って確かめてみる？」

リットがニマーッと笑って、ヒラリと俺の膝の間へと滑り込んだ。

「さ、触ってと言われてもなぁ……」

俺の動揺を楽しむようにリットはゆらゆらと尻尾を揺らす。

なんだ、今日のリットは随分積極的だな。

「レッド、ちょっとだけ悩んでるでしょ？」

「……よく分かったな」

「狼リットちゃんは鼻が利くのです」

リットは俺の方へ向き直るようにまた体勢を変えた。

今は俺の膝の間に座り、リットの両膝で俺のお腹を挟むような体勢になっている。

「私はこの世界とか加護とか、レッドの悩みの答えは分からないけど……レッドは間違ってないって教えることはできるよ」

リットは俺のおでこに自分のおでこをくっつけ笑う。

「レッドがいるから私は幸せ。だからレッドは間違っていない」

「……なるほど、そうだな」

俺とリットが幸せであること。

どのような人生を送ったとしても、俺達が幸せに暮らしているという点を守れればきっとそれは俺とリットにとって正解なのだろう。

「だから、今はもっと私に構え！」

リットが俺の頬に……いつもと違って舌先で触れるキスをした。

ちょっと驚いた。

「あ、えーっと……」

「ほらほら、最初見たときから撫でてみたかったんでしょ」

リットは少しうつむき気味になり、狼の耳がピクリと動く頭を俺に向けた。

「今日は随分とぐいぐいくるなぁ」

そう言いながらも俺はこの状況に幸せを感じているし、リットへの愛情で暴走しそうになる気持ちを必死に抑えてもいる。

俺はリットの頭を最初は優しく、綺麗なリットの金色の髪が乱れないようそっと撫でた。

だけどリットが物足りなさそうにしていたので、俺は少し強めに……犬と遊ぶ時くらいの強さで撫でてみた。リットの尻尾の動きが激しくなった。

リットは目を細め、口を横に細く広げて笑っている。

アスペクトオブウルフは戦いのための魔法だ。

狼の知覚能力や身体能力を得て戦いを有利にする。

はぐれアサシンもライディングドレイクのアスペクトを使ったが、魔法やスキルの大半は戦闘のためにある。

そのアスペクトオブウルフを、リットは俺を元気づけようと、狼の身体能力ではなく格好良くも愛くるしい姿と性格を得るために使ったのだ。

おそらくこの魔法を開発した遥か昔の大魔法使いもこのような使い方は想定していなかったことだろう。

それが何だか嬉しい。

このリットの姿は俺達だけの魔法のような気がした。

やがて撫でられるだけでは我慢できなくなったのか、リットは俺に抱きつくと頬を擦り寄せた。

なんというか、座った状態で正面から抱き合っていると……距離感というか密着感がすごくて、この溢れそうになる感情をどう表現していいのかわからないが、とにかくすごいことになる。

まぁ戦うことへの悩みなんて、この瞬間に比べたら小さなものだということは間違いない。狼の様相を帯びたリットの身体は、普段よりちょっとだけ体温が高いようだ。冬の夜に、ポカポカとした温かさはとても心地がよい。

「それで、尻尾がどうなってるか触らないの？」

リットはそう言ってゆらゆらと尻尾を揺らす。

「そこまで言うなら、触るぞ？」

「えへへ、どうぞ！」

リットはさらにぐっと俺の身体に身を寄せる。

リットの肩越しに、リットの美しい曲線を描く背中からお尻(しり)にかけてのラインと、スカートから飛び出し揺れている狼の尻尾がよく見える。

俺の位置からでは見えないが、あれだけスカートが持ち上がっていれば下着が見えてしまいそうだ。

いかん、アスペクトオブウルフは素晴らしい魔法だが、人前では使わせないようにしよう。まぁだけどここには俺とリットしかいない。

「大丈夫、私には狼の耳と鼻があるから、誰かが近づいてきたらすぐわかるよ」

リットはそう言ってまた俺の頬にキスをした。何度も。

たまらなくなって思わずギュッと抱きしめると、リットもギュッと抱きしめ返してきた。

幸せな時間だ。

俺はリットの尻尾へ手をのばす。

心臓の鼓動が速くなる。あの尻尾の付け根がどうなっているのかはスカートの中だ。

一体、ぺし、どういう、ぺし、形で、ぺしぺし、尻尾がぺしぺしぺしぺしぺし……。

「リット」

「な、なに？」

「尻尾の振り方が激しすぎて近づけない」

リットの尻尾は千切れないのか心配になるくらい激しく振られている。

それを聞いたリットは顔を真っ赤にすると。

「見たなー！」

すごく理不尽なことを言いながら俺を押し倒した。

「こうして顔が見えないようにしてるのにずるい、尻尾に感情が出ちゃうんだもん」

グリグリと顔を俺の頬や顎にこすりつけながらリットは言った。

感情も少し狼側に引き寄せられるのだろう。

今日はいつもより大胆で積極的なのも魔法の力か。

「あのね」

リットの動きが止まった。

俺の胸に顔をうずめていたリットが、顔を上げて俺を見た。

地面に横たわった状態で胸の上にいる、顔を赤くしたリットに見つめられると、あまりにも可愛すぎて動揺する。

「多分明日になったら私、恥ずかしさで部屋に閉じこもっちゃうと思うの」

「……あー確かにそうなりそうだな」

「だからね」

「うん」

「明日の分まで今日は一杯くっつきたいの」

そう言って、リットはニヘラと笑った。

いつもと少し違ったリットの姿に俺は動揺が止まらない。いや本当に……。

「リットがいてくれて、俺は本当に幸せだよ」

俺は気持ちをつい無造作に口に出してしまった。

それだけ動揺していたのだ。

リットは口元を緩ませ、ふにゃっと笑うと尻尾をゆっくり大きく振った。

「大好きだよ」

リットにそう囁かれ、今度こそ俺は駄目になってしまったのだった。

……あとでアスペクトオブキャットとか使えないか聞いてみよう。

エピローグ　リリンララの決意

翌日。窓から夜明けを歌う鳥の鳴き声が聞こえてくる。

俺が目を開けると、目の前にリットの寝顔があった。

英雄リットと呼ばれる彼女の、その穏やかな寝息をたてている無防備な顔は、この世界で俺だけが独占できるのだ。

寝ぼけた頭でそんなことを考えていると、幸福感がこみ上げてきて、そっとリットのおでこに俺のおでこをくっつける。

こみ上げていた幸福感が穏やかな感情として胸の中に広がっていく。

「んふ」

楽しい夢でも見ているのか、リットの口元がほころんだ。

俺の中に広がっている感情がリットにも伝わった気がして、俺もニヤけてしまった。誰にも見られなくて良かった。

もう少しだけ眠っていよう。

多分昨日のことがあるから、今日一日はリットとくっつくことができなそうだし。

俺は目をつぶる。

視覚を塞ぐと、リットの存在が肌を通してより強く感じられる気がする。

俺は朝のまどろみの中、この平穏を満喫していた。

そのうちまた、俺は眠りに落ちていった。

＊　＊　＊

「レッド」

眠っている俺の耳元でささやき声がした。

くすぐったさが心地よくて、俺は身じろぎする。

すると、なんだか柔らかい感触に頭が包まれた。

とても心地よくて、目の前の温かい感触を求めるように両腕で抱きつくと、また俺の意識は眠りの中へと溶けていく。

「…もうちょっとだけ寝坊してもいいかな」

そんな声が遠くからした気がした。

＊　＊　＊

コンコンとノックの音がした。店の入り口からだ。

俺とリットは同時に目を開ける。

「お、おはよ」

「おはよう……」

俺の目の前にはパジャマ姿のリットの大きな胸が。

俺はいつのまにか、その柔らかい胸に顔を埋めるようにして眠っていたらしい。

リットはそんな俺の頭を抱くような体勢で、俺のうなじのあたりを撫でていた。

俺達はお互いを見つめ合ったまま、顔を赤くする。

「さ、さぁ、多分ルーティ達が来たんだよ！」

「そ、そうだな、すっかり寝坊しちゃったようだ！　すぐに朝食の準備をするよ！」

俺は慌てて部屋を出る。

まずはルーティ達を出迎えなければ。

「いま出るよ！」

声を掛けながら店の入り口に向かう。

「よし、今日もお仕事がんばるか」

また口元がニヤけているのを自覚しながら、俺の一日が始まろうとしていた。

＊　＊　＊

「さて、短い時間でなにを作るか」

キッチンに立ち、腕を組んで考える。

オーブンも温まっていないから、パンを焼くのも時間がかかるな。スープを作っている時間もないし。

「ふむ、だったら」

俺は火を起こし、パンと玉ねぎ、トマト、チーズにハム、あとはバターを用意する。

サンドイッチを作る時の要領でパンを切って、スライスしたトマトと玉ねぎ、チーズとハムを載せる。味付けは胡椒(こしょう)でいいか。

それをやはりサンドイッチを作る要領ではさみ、バターを溶かしたフライパンに置く。

その上から小鍋(こなべ)を置いて押さえる。

パンの焼ける良い匂いに、寝起きの身体が余計に空腹を感じるが、もうちょっと我慢。

「これくらいいか」

きつね色に焼き上がったパンを、包丁で斜めに切れば、ホットサンドの完成だ。

切ったところからとろけたチーズが少し溢れた。

「それじゃあ、残りも焼くか」

俺はお腹をすかせているみんなのために、手早く料理を続けていった。

「「「「いただきます！」」」」

テーブルを囲む俺、リット、ルーティ、ティセはそう言ってからホットサンドを食べ始めた。

うげうげさんも捕まえてきた蛾（が）を前に両手を合わせて「いただきます」をしている。

礼儀正しい蜘蛛（くも）だ。

「はふ」

リットが食べたホットサンドからチーズがうにょーんと伸びている。

リットはホットサンドでチーズを巻き取ると、また一口。

実に美味（おい）しそうに食べてくれる。

ティセはホットサンドをナイフで切り分けフォークで食べているようだ。

表情は変わらないが、食べるスピードを見る限り気に入ってもらえたようだ。

ルーティはそんな2人を見比べて、首を傾げて迷っているようだった。

「ルーティ」

「えっと、お兄ちゃん、これどうやって食べれば」

「ルーティの好きなように食べてくれれば、俺は嬉しいよ」

「そう」

ルーティはじっとホットサンドを見つめたあと、

「はむ」

リットと同じように手で食べることを選んだようだ。

ホットサンドを口にした瞬間、パッとルーティの表情が輝いたのだった。

＊　　　＊　　　＊

ルーティとティセとうげうげさんは薬草農園に行き、俺とリットはお店の準備に取り掛かる。

「………………」

リットがさっきから顔を赤くして黙っている。

多分、昨晩のことを色々思い出しているのだろう。

ちらちらと俺の方を見ては、バンダナで口を隠して悶えている。

可愛い。

「そうだ、今日はニューマンのところに薬を届けに行く日だった！　俺は配達する薬の準備をしてくるから、店の方はリットに任せても大丈夫か？」

「う、うん、大丈夫。むしろ1人ならポンコツ状態から復帰できると思う」

「あはは、分かった……でもその前に」

俺はリットの下に駆け寄ると、頬にキスをした。

「ひゃい!?」

普段ならこれくらい受け止められるはずのリットも、今日は顔を赤くして照れ続けている。

すっごく可愛い。

「じゃ、こちらは任せたよ！」

「レッドのいじわる」

カウンターの裏に隠れてしまったリットを見ながら、貯蔵庫に向かった。

俺は貯蔵庫で、メモを片手に注文の薬を詰めていく。

「コクの葉はこれで貯蔵庫の在庫ゼロだな。庭にまだあったっけ」

戻ってきてから考えよう。

最近は売り上げも伸びているおかげで、薬の在庫が無くなるのが早くなった。

「汚穢熱（おせんねつ）用の解熱剤でラスト。よし全部あるな」

最後にもう一度揃っていることを確認。間違いない。

「よし、リット！　こっちは終わった、手伝うよ！」

「じゃあ釣り銭のチェックをお願い」

「分かった」

リットは顔を赤くしたままだが、テキパキと開店準備を進めている。

こうして2人で開店準備をするのも手慣れたものだ。

慌ただしい作業も直に終わり、いつもの時間に開店準備を終えられた。

「それじゃあ、今日も」

「がんばろー、えへへ」

拳を上げ、2人でそう言うと、俺達は一緒になって笑ったのだった。

いつものことだ。

＊　＊　＊

ヴェロニアの軍船、その一室。

かつて妖精海賊団を率いて各国から恐れられたハイエルフのリリンララは、ハイエルフとしても若者と呼ばれる時期をとうの昔に過ぎていながら、今も美しさを損なわない顔に難しい表情を浮かべていた。

「部下も捕らえられ、暗殺者からの連絡も途絶えた」

さしものリリンララも動揺を抑えられない。

リリンララが送った部下は、特に少数同士の戦いであればヴェロニアでも最高峰の実力者だ。相手がAランク冒険者であっても、そうそう後れを取ることはないはずだった。

そして暗殺者達もまたトップクラスの凄腕だったはずだ。あれほどの手練に狙われては『アークメイジ』といえども無事でいられるはずがない。

(囚われた部下2人の安否が心配だが、一体あのティファとルールという冒険者は何者なのだ)

ここ数日の間、ゾルタンで集めたティファとルールという2人の冒険者についての情報は全く頼りないものだった。

(なんなのだこのゾルタンという町は)

数日という短い時間で調査する場合は、過去にその調査対象を調べた者から情報を得る方法を取る。普通、あのように目立つ存在が現れたのなら、一体何者なのか調べようとする者がいるはずだ。

だが、リリンララの部下達はティファについて調べた者を見つけられなかった。情報に精通しているはずの盗賊ギルドでさえもだ。

(もちろん、警戒して情報を隠していた可能性はあるが)

だが、これまで敵の多いゲイゼリク王を守るためリリンララが集めた諜報員(ちょうほういん)達から情報を気取らせることなく無知を装うなど、この陰謀とは無縁そうな辺境の小国にできるとは思えない。

(自分達より遥(はる)かに強い余所者(よそもの)だぞ？　脅威だと感じないのか？)

結局、リリンララはあの2人について、凄腕の冒険者ということしか分かっていない。過去の経歴は一切不明。

リリンララは頭を抱えるしかない。

「となると、鍵(かぎ)を握るのはこいつか」

おそらくこのゾルタンで唯一あの2人の過去を知る者。

2人が捕らえられる前に知っていれば、白騎士と名乗ったルールを狙うよりも、こいつを捕らえて人質にしていただろう。

「薬屋のレッド」

リリンララは立ち上がると、鍵のついた箱を開け、中からハイエルフ造りの、淡く輝く緑鋼の篭手(ガントレット)を取り出す。

「我が身に流れる誇り高きハイエルフの血よ、力を貸し給え」

剣術の篭手(ガントレッツ・オブ・ソードマンシップ)。リリンララの家に伝わるマジックアイテムで、エルフがこれを身につけると、先祖達の身につけてきた剣術が装備者に宿り、剣の達人と化すのだ。

剣の素人が身につけても強いが、リリンララのようなすでに剣士としても一流の域にある技術と高い加護レベルを持つ者が身につければ、その力は達人を超えて超人の域に達する。

さらにリリンララは箱から、普段使っているカットラスとは別のロングソードを取り出す。

鞘（さや）は白鞘。鮮やかな金色の装飾が施され、リリンララが僅（わず）かに刃を抜けば、込められた風の魔法がほとばしり、リリンララの銀色の髪を揺らした。

こちらも先祖伝来の魔法の剣。ハイエルフの名工が命を費やし鍛え上げたと伝えられる、その名をエルフの悲嘆（エルヴンソロウ）。

そのあまりの力に、ハイエルフの名工はこの剣で奪われるであろう数えきれないほどの命を想い、嘆いたことからそう名付けられたという。

リリンララの秘蔵のマジックアイテム２つ。

「私が出るしかない」

白騎士ことルールの兄であり、ティファとも親しくしているという薬屋レッドはＤランク冒険者。だが実力を隠しているらしいという情報も入っている。Ｃランク冒険者以上の実力があるのは間違いない。

もちろん、残っている部下の中にも、Cランク冒険者程度なら簡単に捕らえる実力者はいるが……相手の脅威度を最大のものと想定し、リリンララの持つ最高の戦力、すなわちリリンララ自身を使って捕らえると決めたのだ。

（まだ教徒台帳を素直に渡すつもりはないようだが……やつらの気が変わる前にミスフィアを始末しなければ）

リリンララは昏(くら)い決意を胸に抱き、２つのマジックアイテムを身に着けたのだった。

あとがき

この本を手にとってくださった皆様。ありがとうございます！　作者のざっぽんです。

皆様の応援のおかげで、このシリーズも6巻に到達！

また皆様に物語を届けられて、本当に嬉しく思います。ご期待に応えられていればよいのですが。

今回はなかなか苦労した一冊になりました。プロットでも悩み、書いても悩み、何度も書き直した物語です。

苦労すればするほど面白くなる……とは限らないのが小説ですが、苦労して完成した後は感慨深いもので、思い入れのある物語です。読んでくださった皆様にとっても、楽しい読書になったのなら嬉しいです。

6巻では、勇者が本来解決するはずだった問題がテーマになります。

勇者の活躍で次第に優勢になりつつある連合軍。そこで問題となるのが人間を裏切り魔王軍側についたヴェロニア王国の存在で、人間同士の戦争を食い止めるために、連合軍に加わるよう説得するため勇者はヴェロニア王国へと潜入します。

病に伏せる老王と、それを良いことに好き勝手に振る舞う邪悪な王妃。解決の鍵は50年前に消えた前王妃。

飛空艇を手に入れた勇者が、大陸中を飛び回って失踪した前王妃を探し、邪悪な王妃の陰謀を暴くという物語でした。勇者の旅におけるゾルタンの役割は、「町の西の森におばあさんが住んでいるよ」とか情報を話してくれる町人がいるだけの町のはずでした。もちろん、レッドやルーティ達の物語は、そうならなかった物語です。

では、ルーティは勇者として旅を続けるべきだったのか、勇者がスローライフすることは誰かを犠牲にしているのか、レッドやルーティやこの世界の人々がどう考えているのか……そんな話になります。

と言っても、スローライフに悲劇は似合わないので、気楽な気持ちでレッド達の活躍と日常を読んでいただければと思います。

何より今回は、身体強化など戦うためにある変身の魔法を、ただイチャイチャするためだけに使うレッドと狼リットちゃんのシーンが見どころではないでしょうか！

さて、月刊少年エースにて連載中の池野雅博（いけのまさひろ）先生による漫画版「真の仲間」。こちらも単行本発売中です。

この本の発売とほぼ同時にコミックス3巻も発売されています。3巻は小説1巻分の物語が終わったところです。小説1巻ラスト、ルーティのアレスへのブチギレパンチは、私が想像した以上に全力でぶん殴っていて大迫力でした！

こちらもぜひ御覧ください！

次は7巻。

部下も暗殺者も敗れ、ついに自らゾルタンへ赴くハイエルフの海賊リリンララ。サリウス王子やレオノール王妃など、大国の陰謀に巻き込まれる辺境ゾルタン。レオノール王妃とレッドの因縁など、冬の最後の嵐と春を迎えたレッド達のスローライフ物語になる予定です！

次巻も応援いただければ幸いです。

今回も、たくさんの方のご助力が欠かせませんでした。

リットの獣耳バージョンというネタを書きたかったのも、やすも先生のイラストで見られるからというのが理由の1つでした。今回も素晴らしいイラストをありがとうございます！

デザイナー様、校正様、印刷所様、この本にかかわったすべての方々。この本があるのは皆様のおかげです。本当にありがとうございました。

担当の宮川(みやかわ)様。6巻まで来ましたね！

毎月出版されるライトノベルの量を見ると、この中から読者に手にとってもらえる一冊になることがどれだけ大変なことなのか思い知らされます。こうしてシリーズを続けることができたのも、宮川様と一緒にやって来たことが結果となったからだと思っています。今後とも、どうかよろしくお願いします！

最後に、本というものは読んでくださる読者がいて初めて価値が生まれるものです。この本が、あなたにとって少しでも楽しい時間を提供できたなら、作者としてそれが何よりの喜びです。

これからもどうかよろしくお願い致します！

２０１９年　年末の慌ただしさに目を回しながら　ざっぽん

イラスト担当させていただいたやすもです。
ケモミミリット新鮮で描くの楽しかったです！

真(しん)の仲間(なかま)じゃないと勇者(ゆうしゃ)のパーティーを追(お)い出(だ)されたので、辺境(へんきょう)でスローライフすることにしました6

著　ざっぽん

角川スニーカー文庫　22017

2020年2月1日　初版発行

発行者　三坂泰二

発　行　株式会社KADOKAWA
〒102-8177 東京都千代田区富士見2-13-3
電話　0570-002-301（ナビダイヤル）

印刷所　旭印刷株式会社
製本所　株式会社ビルディング・ブックセンター

Printed in Japan　ISBN 978-4-04-108259-1　C0193

★ご意見、ご感想をお送りください★
〒102-8078 東京都千代田区富士見 1-8-19
株式会社KADOKAWA　角川スニーカー文庫編集部気付
「ざっぽん」先生
「やすも」先生

角川文庫発刊に際して

角川源義

第二次世界大戦の敗北は、軍事力の敗北であった以上に、私たちの若い文化力の敗退であった。私たちの文化が戦争に対して如何に無力であり、単なるあだ花に過ぎなかったかを、私たちは身を以て体験し痛感した。西洋近代文化の摂取にとって、明治以後八十年の歳月は決して短かすぎたとは言えない。にもかかわらず、近代文化の伝統を確立し、自由な批判と柔軟な良識に富む文化層として自らを形成することに私たちは失敗して来た。そしてこれは、各層への文化の普及滲透を任務とする出版人の責任でもあった。

一九四五年以来、私たちは再び振出しに戻り、第一歩から踏み出すことを余儀なくされた。これは大きな不幸ではあるが、反面、これまでの混沌・未熟・歪曲の中にあった我が国の文化に秩序と確たる基礎を齎らすためには絶好の機会でもある。角川書店は、このような祖国の文化的危機にあたり、微力をも顧みず再建の礎石たるべき抱負と決意とをもって出発したが、ここに創立以来の念願を果すべく角川文庫を発刊する。これまで刊行されたあらゆる全集叢書文庫類の長所と短所とを検討し、古今東西の不朽の典籍を、良心的編集のもとに、廉価に、そして書架にふさわしい美本として、多くのひとびとに提供しようとする。しかし私たちは徒らに百科全書的な知識のジレッタントを作ることを目的とせず、あくまで祖国の文化に秩序と再建への道を示し、この文庫を角川書店の栄ある事業として、今後永久に継続発展せしめ、学芸と教養との殿堂として大成せんことを期したい。多くの読書子の愛情ある忠言と支持とによって、この希望と抱負とを完遂せしめられんことを願う。

一九四九年五月三日

次回予告
「真の仲間じゃないと勇者のパーティーを追い出されたので、辺境でスローライフすることにしました7」

平穏を脅かす勢力との決戦の刻、迫る！

レッドは再び幸福な日常（スローライフ）を勝ち取ることが出来るのか――!?

2020年夏、発売予定!!